DARIA BUNKO

御曹司のおいしくてキケンな恋避行

森本あき

ILLUSTRATION 明神 翼

ILLUSTRATION
明神 翼

CONTENTS

御曹司のおいしくてキケンな恋避行

俺が守ってやるから安心しろ。
そう言われて、ああ、もう大丈夫、と思えた。
そんな人がいてくれることが、とても嬉《うれ》しい。

1

ドン！

車が横から当たってきて、姉小路綺士《あねこうじないと》の乗った車が大きく揺れた。

「ちょっ……！」

綺士は慌《あわ》てて、天井から吊《つ》るされた紐《ひも》をつかむ。こんなもの、普通の車にはついていないが、綺士には必要だ。

後ろから車に猛スピードで追いかけられて全速力で逃げたり、尾《つ》けられているのに気づいて、それを振りきるために運転手がありとあらゆるテクニックを使って相手を撒《ま》こうとすると、車は大きく揺れる。いくらシートベルトをしていても、体は左右に振られ、あちこちぶつかる。結構、危険な状態だ。ひどいときは、体が浮いて天井に頭が、ごつん、と当たることもある。

だから、この紐を両手でぎゅっと握るのだ。そうすると、固定されるまではいかないけれど、揺れや浮きをある程度抑えられる。最近では綺士も慣れてきて、運転手のハンドルさばきを見ながら、体をどっちに動かせばダメージを最小限に抑えられるのかわかるようになってきた。

それまでは、逃げ終わったあと、かならず車酔いしていた。逃げているときは緊張しているし、どうにか無事でいられますように！　と願いつづけているので、ほかのことを考えていられない。願いどおり無事に逃げられて、車が止まったとたん、体に上下左右から重力やら遠心力やらほかの力がかかっていることに気づくのだ。そのすべてが一気に襲ってくるのだから、たまったものじゃない。

過呼吸みたいになって倒れることもあった。体中が震えて、うまく呼吸ができなくて、すごく苦しい。パニック状態だからこうなっているんだ、と自分でもわかっているので、大丈夫、大丈夫、と辛抱《しんぼう》強く心の中で自分に語りかけて、症状が治まるのを待っていた。

人間というのは慣れる生き物だ。

いまは、逃げ切っても車酔いもしないし、パニック状態にもならない。はー、よかった、さっさと家に帰ろう、と思うぐらいだ。

でも、さすがに、こうやって車が当たってくるのは初めて。

ここまでされると、すっごい怖いんだけどっ！

「綺士さま、シートベルトを外《はず》してください」

「は？」

なに言ってんの？　大丈夫？　こんなにガンガン横から車が当たってきて、すごい速度で逃げようとしている最中にシートベルトを外したら、体が吹っ飛ぶよっ！

「反対側からも猛スピードで車が来てます！　挟まれたらおしまいです」

「はあああああ？」

まさか、両方から車に体当たり…車当たり？　するつもり⁉　冗談でしょ！　ホントに死ぬじゃん！　いや、ホントに殺したいのは知ってるけども！

「この先にカーブがありますので、そこで車から降りてください！」

いやいやいやいや。冷静に考えて？　ぼく、アクション映画のヒーローじゃないんだよ？　走ってる車から飛び降りるとかそんな危険なことしなくてもさ！　きっと、別の車が来てるとか運転手のかんちがいだって！

綺士はちらりと窓から外をのぞいた。

ぎゃあああああ！　ホントにもう一台の車が猛スピードで追ってきてる！　こんな乱暴なことをするやつらに挟まれたらおしまいだよ！　そんなおおげさな、とか思ってすみませんでした！　両側から体当たりだか車当たりだか、とにかく何でもいいけど、それをやられたら逃げ場がなくなる！　いくら運転手の腕がいいといっても、ガソリンがずっともつわけじゃないんだし、どこかで止められたら、ぼくの命はおしまい。

だったら、車から飛び降りるよっ！　アクションスターみたいに華麗にはできなくても、決死の覚悟で飛び降りる！

だって、ぼく、まだ死にたくないもん！

「綺士さま、わかってらっしゃるでしょうが、いま、車が当たってきている側と反対から降りるんですよ？」

わかってるよっ！

そんなことすら言えない。ただ、うなずくことしかできない。だって、体中が震えてる。

でも、そんなの当たり前。

走ってる車から飛び降りた経験なんてないんだもん！

まさか、こんなことまでやるとは思わなかった。ねえ、提案なんだけど、もっと平和に殺そうとしない？

…無理か。

「つぎの角です！　シートベルトは外しましたか？」

わーすーれーてーたー！

ぼく、もしかしてバカなの？　いや、ちがう。こんな追いつめられた状況ならシートベルトをしてたほうが安全な気がする、っていう本能が働いてたせいだ。

まちがってるけどね！

綺士は震える手でどうにかシートベルトを外すと、ドアノブをつかんだ。カーブを曲がったら、これを開けて…って開くの？　鍵閉まってない？

ガチャガチャガチャ。

ほらー！　開かないじゃん！

「カーブを曲がると同時にドアの鍵を開けますので、それまで待っていてください。うっかりその前で降りると、綺士さまの命が危ないです！」

いいや、いまも十分危ないの！　反対側から追いつこうとしていたもう一台が、前を行くのろのろ運転の車につかまってるから大丈夫なだけであって、すっごい危険な状態なんだよ！

ドーン！　とすごい勢いで横の車がぶつかってきて、綺士の体が大きく振られた。それでも、ドアは離さない。

命綱はこれしかない！

「綺士さま、曲がります！　少しだけスピード落としますので、そこで降りてください！　いきますよ！　いまですっ！」

運転手の掛け声とともに、綺士はドアを思い切り押した。そのまま何も考えずに、車から転がり出る。

ぶーん、どすっ！

綺士の行動にマンガみたいな擬音がついたら、そんな感じにちがいない。

ぶーん、と車から飛び出して、どすっ、と何かに当たった。自分の頭の中のイメージでは、そんな感じ。実際にどうだったかはわからない。

いくらスピードをゆるめたとはいっても、それまでが猛スピードだったから全然落ちてなくて、綺士はすごい勢いで放り出された。

あ、もう終わった。

一瞬、そう覚悟した。

ぼくの命が終わった。どこかにぶつかって、おしまい。

そうならなかったのは、何かが受け止めてくれたからだ。ばくばくしている心臓をなだめながら、自分が何にもたれかかっているのかを見てみると、たくさんのベッドマットが置いてあった。それも、粗大ゴミと書いたシールが貼ってある。すごい偶然が重なって、綺士はケガをしなくてすんだ。そうじゃなかったら、本当に危なかった。

よい子のみんな！　うっかり走ってる車から飛び降りないでね！

って、だれに向かって言ってんだか。そして、だれが飛び降りるんだか。

はー、よかった。まだ生きてる。

でも、想像していた『車から飛び降りる』行為と現実は全然ちがうんだな。

アクション映画とかを見ていると、車から飛び降りたあと、体が、ずささー、と地面を転がっていくけれど、カーブを曲がる瞬間だったためか、綺士の体は、ふわっと浮いた。そのまま飛んで、壁にぶつかる寸前でベッドマットが、ぼすん、とやさしく受け止めてくれたというわけ。

ぼく、すごいラッキーじゃない？　粗大ゴミ出してくれた人、ありがとーっ！　こんなにたくさんのベッドマットを持っているのはなぜなのか、すっごい気になるけれど、いまはそんなこと考えている場合じゃない。

逃げなきゃ！

そう、もう一台、車が追いかけてくる。そいつらに見つかったらおしまいだ。

あ、ちょっと待った。こんな一本道を逃げたところで、車から見られてしまう。どこかに隠れて…やあやあ、ベッドマットくん！　きみに一度ならず二度までも助けてもらえるんだね！　ありがたいよ、本当に！

というわけで、綺士はベッドマットの裏に潜り込んだ。壁に斜めにたてかけてあるので、ちょうど下に隠れるぐらいの空間がある。

このベッドマットを今日捨てた人に、ぼくは一生感謝をする！　なんなら、結構な金額を贈ってもいいぐらいだ。ここから無事に脱出できたら、本気で探してもらおうかな。姉小路家のネットワークを使えば、そのぐらい簡単だろう。

ベッドマットを向こう側に押し倒したりしないように細心の注意を払って、綺士は心地いい座り方を探り当てた。

普通に足を伸ばして座るだけだけど、これがすごい楽。

ここでしばらくおとなしくして、もう一台の車が通りすぎるのを待とう。

そういえば、もう一台は全然来ないな。どれだけ前の車につかまってるんだろう。やーい、やーい、ざまあみろ。このまま、見失ってくれればいいいんだけど。

あー、それにしても、ひどい目にあった。いいかげん、どうにかしてもらわないと、本当の本当の本当に、ぼくの命がなくなる。

ぼく、まだ十八歳なんだよ？　なのに、どうして、こんなに命を狙《ねら》われなければならないのさ。いろんな一番があるだろうけど、ぼくは、日本で一番命を狙われる十八歳だよ。それって、すっごい不幸じゃない？

どうして日本に限定したかというと、海外だと命を狙われる御曹司がもっといそうだから。でも、日本だと、絶対にぼく！　何があっても、ぼく！　そもそも、命を狙われてる十八歳がぼくしかいない気がする！

車から飛び降りるなんて、アクション映画でしか見たことないのに、なんで、それをやらなきゃならないんだろう。今回はたまたまベッドマットがあったからよかったけど、何もなかったら、コンクリートの壁に勢いよくたたきつけられて大ケガをしていた。

今回は運がよかっただけだ。

「ホント、最悪…」

なりたくもない跡継ぎに勝手に指名されて、向いてないってわかってるのにいまだに取り消してもらえず、おかげで命を狙われている。

こんな不幸があるもんか！　さすがにここまでされると、怖いのと同時に怒りもある。

無事に家に帰れたら（帰れるよね？　ね？）、両親に相談しようかな。いや、でも、親を心配させるのはいやなんだよね。

そんなとんでもないことになってるんだったら、高校をやめて自宅学習に切り替えなさい、とか言われても困る。父親はともかく、母親は絶対にそう主張しそうだ。

高校はすごく気に入ってるし、なるべくならやめたくない。こうなったら、週末も家に帰らずにずっと学校にいようか。

綺士は普段、学校の寮で暮らしている。一年生のときは忙しすぎて、夏休みとかの大型連休じゃないかぎり家に帰れなかったけど、三年生になったいまは少し時間の余裕ができたので、週末は家に帰ることにしていた。親が寂しがっているし、綺士も家でのんびりする時間は好きだ。

ただ、その行動が敵（だれかは不明だけど）に完全にばれている。土曜に学校を出て、日曜、家から学校に戻る、その合い間をピンポイントで狙われる。でも、それはしょうがない。逆の立場なら、綺士だって、そこを狙う。

毎回、帰る時間をずらしたり、家に帰る道順も変えているのに、どうしても見つかってしまう。見事にばれるもんだなあ、と逆に感心したり…してる場合でもないんだけど！

これまでは運転手が守ってくれていた。だけど、今日みたいなことがあると、さすがに逃げ切れなくなりそうだ。たまたまベッドマットが受け止めてくれる奇跡なんて、そう何度も起こらない。

どうしようかな。そろそろ打ち明けるべきか。それとも、家に帰るのをあきらめて、学校で

おとなしくしておくべきか。学校では、絶対に狙われない。それはわかっている。だから、学校にいるほうが安全なのだ。

でもなー、自分の部屋でくつろぎたいしなー。

家に帰れるようになるまでまだ時間がかかりそうなので、どうしようか悩みつつ、ここでしばらく身を潜《ひそ》めていよう。もう一台の車がいなくなったら、ベッドマットにお礼を言って、運転手に連絡をすればいい。

はー、結局、今日も大変な目にあったな…。

さすがに疲れたよ…。

「ふがっ…」

自分のいびきで、綺士は目を覚ました。

「…ん？　ここ…どこ…？」

綺士は辺りを見回す。きょろきょろ、と頭を動かすと、ぼよん、と何かに当たって、それが前に倒れた。どすん、という音とともに、視界が開ける。

「あー、思い出した！」

ベッドマットの後ろに隠れている間に、どうやら眠ってしまっていたらしい。

「あいたたたた…」

結構、長い間、眠っていたのか、動くと体中が痛んだ。時計を見ると、ちょうどお昼を回ったところ。朝九時に学校を出てきたから、二時間ちょっと眠っていたことになる。いつ、どこで襲われるかわからないので、何時に帰ると親には言わないようにしていた。急に学校関係の用事が入るかもしれないから、適当な時間に帰るね、と言ってあるし、そのとおり、毎回バラバラの時間に家に着くので、親は心配していないだろう。

さっき、つらつらと考えていたけど、やっぱり親には狙われていることを知らないでいてほしい。高校を卒業したら、笑い話として打ち明けよう。

無事に卒業できたら、だけどね！

綺士は立ち上がって、洋服のホコリを払った。さすがに、もう一台の車もとっくにどこか行ってしまったはず。さて、運転手に迎えに来てもらわなきゃ。さっき飛び降りたところ、と言えば、すぐにわかるはずだ。

「えーっと、スマホは…」

胸ポケットの中を探そうとして、はっと気づいた。

スマホは車の中だ！

お尻のポケットや胸ポケットに入れておくと、車の揺れで体がどこかにぶつかったときにスマホが壊れる。それも、一度や二度のことじゃない。そのたびにスマホを買い替えるのもめんどうだから、車の中にスマホ用の保護ポケットを作ってもらって、いつも、そこに入れていた。

だって！　車から飛び降りる日が来るなんて思ってなかったんだもん！

スマホがないと運転手に連絡が取れない。どうしよう。

あまりにも長い間、連絡をしないでいると、運転手が心配して探しに来てくれるかもしれない。だったら、このまま待っていたほうがいいだろうか？　いや、でも、その前に敵に見つかるかもしれないし…。

うん、とりあえず、移動しよう。ずっとおなじ場所にいるのは危険な気がする。

そうだ。スマホがなくても連絡はできる。どこかで電話を借りればいい。何かあったときのために、運転手の番号は全部覚えていた。全部というのは、運転手が何人かいるからだ。そのだれかに連絡をすれば、迎えに来てもらえる。スマホ任せにしてなくてよかった！　覚えてなかったら、と思うとぞっとする。

さて、どっちに向かって歩こう。大きい道路は…車がたくさんいるな。あんなにひどい目にあって、車の近くを無防備に歩くのは怖いのでそっちへは行くまい。

コンビニとかあれば、電話を借りられるだろうか。コンビニに入ったことはないけれど、存在ぐらいは知っている。

ただ、電話を貸してくれるかどうかは知らない。

まあ、いい。行ってみればわかる。

「しっかし、何にもないな～」

綺士はぶらぶら歩きながら、そうつぶやいた。どうやら住宅街だったようで、見渡すかぎり家ばかり。ここがどこなのかもわからない。

「んー、困ったな…」

どこかの家で電話を借りるなんてこと、このご時世にできっこない。怪しまれて、警察を呼ばれたらめんどうなことになる。あ、でも、警察で電話かけられるんだっけ？　だったら、それでもいいな。こんなことになっているのも全部、綺士を跡継ぎに指名した姉小路家の権力者、通称じいちゃんのせいだから、警察沙汰《ざた》になってもその力をフルに使って揉《も》み消してくれるだろう。

いや、警察につかまったら親に連絡いくんだっけ？　えー、だったら、やだよ。突然、警察から連絡がきたら、親だってびっくりする。

あ、そういえば、綺士はいま一時的にじいちゃんの養子になっているから、どっちにしろ、連絡がいくのはじいちゃんか…。じいちゃんだったら、別にどうでもいいや。でも、警察沙汰ってなると、いろいろめんどくさそうだしな。警察じゃなくても、もっと何か身近な何かがなかったっけ…。

そうだ、交番！　交番なら、迷子になったので電話を貸してください、と言えば使わせてもらえるはず！　交番に行ったことはないけど、なんか、そんな小説を読んだ！　交番ならどこにでもあるし、いいアイディアだね。さすが、ぼく！

そんな自画自賛をしながら、綺士は交番を探すために歩きだした。目的地が決まると自然と足取りも軽くなる。ふんふふーん、と鼻歌まで出てきた。

分かれ道に来るたびに適当に曲がったりしていたら、幹線道路からは完全に離れてしまった。あのベッドマットのところにすら、たぶん戻《もど》れない。

「あれ？」

そこで、ふと気づいた。

「そういえば、交番って大きな道路沿いにあるんじゃなかったっけ？」

車で大きな道を通るときに、よく見かける気がする。そもそも、住宅街のど真ん中に交番があるわけがない。綺士の家の近くにも交番なんてない。どう考えても、探すところをまちがっている。

こうなったら、だれかに、交番はどこですか、って聞いてみようかな。

でもねー、さっきからずっと、だれにも会わないんだよね。休日の住宅街に人がいない、ってどういうこと？　もしかして、これだけずらりと建っている家、どこも無人なの？　それとも、お昼だから家にこもってるだけ？

まさか、寝ている間に異世界にスリップしたんじゃないよね？　最近、そういうの流行《はや》っているし、ここが異世界だったらどうしよう…。ぼく、戻れる？

いや、落ち着いてー！　そんなわけないから！　異世界にスリップとか、ラノベの世界の話だから！　このところ、ちょっとつづけてラノベを読みすぎた！　だって、ラノベ楽しいんだもん！　高校の図書室にあるのをうっかり一冊手に取ったら（ちなみに、高校の図書室にはお堅いものからマンガまでとにかく膨大《ぼうだい》な本がそろっている）、はまっちゃったんだよね。

もし、綺士がラノベの主人公なら、ここは異世界だ。でも、ぼくはラノベの主人公じゃない。だから、異世界に飛ばされていない。

真面目《まじめ》に自分にそう言い聞かせたくなるほど、現実世界だと思えるような兆候が何もない。だれにも会わないって、本当に不安だ…。

あ、あれかも！　いつの間にかみんながゾンビになってて、世界が破滅に向かってるってやつ！　全世界で大ヒットしてるドラマの世界！　ということは、そのうち、あちこちからゾンビがうじゃうじゃ出てくるのか…。せっかくベッドマットに助けられたというのに、ゾンビに食べられる運命だったなんて…。

そんなバカなことを考えてしまうぐらい、人の気配がしないんだけど！

きょろきょろと辺りを見回してみた。うーん、これは本当に、どこかの家を訪問したほうが早いのかも。

そんなことを思っていたら、ふいに、綺士の前に上品なおばあさまが現れた。

人がいた！　よかった！　異世界に飛ばされたわけでも、みんながゾンビになったわけでもなかった！

「こんにちは」

綺士はにこっと笑いながら、あいさつをした。こういうときは積極的に声をかけるにかぎる。そうすれば、あいさつぐらいは返ってくるだろう。

「こんにちは。お暑いですね」

ほらね。お暑い、って言う人だよ。礼儀を知ってるよね。あいさつにはあいさつ。目には目を、みたいなもの…って全然ちがうか。

「本当に暑いですね。ところで、この辺に交番ありますか？」

さすがに単刀直入すぎただろうか。でも、世間話をしてる余裕はない。歩きすぎて疲れてきている。

「交番ですか？　このあたりにはないですねえ。ずっと先の幹線道路沿いにあったと記憶しておりますよ。歩いたら三十分ぐらいはかかりますかねえ」

やっぱり、幹線道路沿いだったか。適当に歩いて幹線道路から離れたのも痛い。三十分か…。遠いな…。

「そうですか…。じゃあ、近くにお店とかありませんか？」

交番よりも近いところにあればいいな。

「どういうお店ですか？」

「お店ならなんでもいいです」

ふと思ったけど、交番、もしくは、お店ならなんでもいい、って言う人、かなり怪しくない？　おばあさまは笑顔だけど、内心どう思っているのかわからない。ここはさっさと退散したいが、情報を得ないことにはどうにもならない。

「少し行った先に定食屋さんがありますよ。安くておいしいという評判ですが、わたくしは訪れたことがなくて」

「そうですか！」

定食屋さんってなんだろう？　よくわからないけど、お店らしいので行ってみよう。

「どっち方向ですか？」

「このまままっすぐ進んで、突き当たりを左だと思います。まちがっていたらごめんなさいね」

「いえ、助かりました！」

教えてもらってなければ、まだこの付近をうろうろしていたところだ。

「ありがとうございます」

綺士は頭を下げた。

「とんでもないことでございます。ごきげんよう」

最後まで上品なおばあさまは、軽く会釈《えしゃく》をして家の中に戻る。もしかしたら、うろうろしている綺士を不審に思って出てきたのかもしれない。

でも、それでいい！　というか、むしろ、不審に思ってくれてありがとうございます！　すごく助かりました！

綺士はおばあさまに言われたとおりに歩いていった。突き当たりから左に曲がると、目の前に不思議な空間が広がる。

空き地の中に、ぽつん、と一軒、のれんのかかったお店が建っていたのだ。

そのお店以外は、これまで見てきたのとおなじ住宅街だ。いや、そのお店も外観だけだと普通の二階建ての家に見える。周囲に四、五軒は家が建ちそうなのに、その部分は空き地になっているからすごく目立っていた。住宅街にまぎれていたら、のれんには絶対に気づかない。そのまま素通りしそうだ。

あのおばあさまが、行ったことがない、というのも納得。

だって、怪しいもん！

だからといって、これ以上、電話を探しまわりたくない。

大丈夫！　のれん出てるし！　お店だし！　定食屋っていう怪しい響きのお店だけど！

綺士は意を決して、そのお店に向かった。正面に立つと、青いのれんには『元木食堂《もときしょくどう》』と書いてある。

定食屋さんって、食堂のことなのか。知らなかった。近づいてみたら、たしかにいい匂いがする。

こういうお店って、どうやって入るんだろう？　コンコン、ってすればいいのかな？　まあ、いいや。なんでもやってみよう。

綺士はコンコンとすりガラスの扉をたたいた。自動ドアかと思って待っていても何にも起こらないから、扉に手をかける。横開きの扉をがらりと開けた。

「すみません…あの…」

そこで言葉が止まる。中にはたくさんの人がいたのだ。

「ごめんなさい。いま満席なんですよ」

忙しそうに立ち働いている店員さんの一人が、申し訳なさそうに告げた。四人がけのテーブル席が六つ、カウンターが六席と、そこまで大きなお店ではないが、その全部の席が埋まっている。

お客さんの半分ぐらいには食事が運ばれて、みんな、黙々と食べていた。ごはん、お味噌汁、おかず、小鉢がお盆に乗っている。なるほど、これが定食というものか。旅館で出てくる和朝食の、品目が少ない感じ？

「待っててもいいですか？」

さすがにこんな慌《あわ》ただしいときに、電話を貸してください、とは言えない。しばらくしたら空《す》くだろうから、そのときに頼もう。

「どうぞ！　その椅子《いす》を使ってくださいね！」

玄関から入ってすぐのところに、丸椅子がいくつか並べてあった。こういうものが置いてあるということは、待つ人が結構いるのだ。

すごい人気店なんだね。

「ありがとうございましたー！」

店員さんが一斉に唱和した。え、ぼくが待ってることに？　と思ったら、カウンター席の人が立ち上がってこっちに向かってくる。

お金払わなくていいの？　と不思議に思っていると、玄関前のところでお金を払っていた。

えええええ！　席で払うんじゃないんだ！　びっくり！　こんな会計システムのところに行ったことがないので、じっと見てしまう。

へー、お客さんがお金を払ったら、あの機械からお釣りを出して渡すんだ。初めて見た。

「お待たせしました！　どうぞ！」

店員さんが綺士を呼びに来た。どの店員さんも笑顔を絶やさず、元気な感じですごくいいと思う。でも、ぼくはお客さんじゃないんだよね。申し訳ないんだけど。

いいえ、食べに来たんじゃないんです、と断ろうとしたら、ぐー、とおなかが鳴った。

そういえば、もうお昼をとっくに過ぎていた。歩き回ったせいで、おなかがぺこぺこだ。定食というものに興味があるから、ここは食べてみることにしよう。きちんと商品（というのか？）にお金を払ったあとで電話を借りるほうが気楽だ。

「はい」

綺士は店員さんのあとにつづいてカウンター席につく。思ったよりも椅子がちゃんとしていて、座り心地がいい。

「メニューはありますか？」

「そちらに」

綺士の目の前に、プラスチックの立て札に入ったメニューがあった。

へえ、こんなメニューがあるんだ。木の表紙の分厚いメニューを持ってこられるものとばかり思っていたから驚いた。でも、こういうのも見やすくていいな。

わー、定食がずらりと並んでいる。スタミナ定食ってなんだろう？　スタミナってどんな食べ物？　ハンバーグはわかる！　老舗《しにせ》の洋食屋さんで食べた。しょうが焼き…しょうがを焼くの？　おかずになる？　唐揚げは…鳥かな？　ふぐとかじゃないよね。ハムエッグ…朝食のときに出てくる、あのハムエッグ？　これもまた、ごはんのおかずになるの？　うーん、どうしよう…すっごい悩む…。

「裏にもありますので」

手に取って、じっくり見ていたからだろうか、店員さんが声をかけてくれた。綺士は、くるり、と引っくり返す。

なるほどー！　これだと、両面にメニューを出せるのか！　すごいアイディアだね！

えーっと、こっちは定食じゃないのか。カツ丼…カツを丼《どんぶり》にするの？　どうやって？　親子丼…わかった！　卵と鶏肉《とりにく》で親子だ！　つまり、鶏肉の卵とじ？　あ、オムライスだ！　オムライスも食べたよ。ハンバーグを食べたのとおなじ老舗の洋食屋さんで。ふわっふわとろっとろのオムレツがチキンライスの上に乗っていて、ナイフで切ったら、とろり、とチキンライスにかぶさった。じっくり煮込んだデミグラスソースをたっぷりかけて食べたら、最高においしかったな～。あの洋食屋さん、そういえば、最近まったく行っていない。というか、週末しか家に帰れないし、夕食を食べるのは土曜だけなので、外食をまったくしていない。両親と三人で楽しくおしゃべりしながら、家で食べている。

綺士たちが夕食で食べるのは、基本的にはコース料理だ。中華、日本料理、フレンチ、イタリアンなどのコース料理をシェフがリクエストを聞きながら作ってくれる。メニューは毎回変わるので、まったく飽《あ》きない。

朝はほぼ洋食。まずはフレッシュジュースから始まって、サラダ、スープ、卵料理、最後にフルーツ。和食の場合は、小さなおかずがたくさんと、ごはん、お味噌汁がお盆で出てくる。この定食屋さんと似たような感じだ。

お昼はパスタや手打ち蕎麦《そば》といった麺類《めんるい》が多い。もちろん、それにも、前菜、スープがつく。蕎麦のときは、小さなおかずがつくぐらいか。朝食をしっかり食べているので、お昼はそんなにおなかが空いていないのもあるし、抜くことも多い。なので、お昼が一番簡単なものだ。たまにシリアルだけということもある。

外食するとしたら、すべて夕食だ。父親は家でゆっくりしたい人なので、母親が行きたいときに連れていかれた。それも、すべて個室で、頼むのは母親が決めたコース料理。老舗の洋食屋さんに行ったときは、個室じゃなかったことにも驚いたし、自分で好きなものを頼んでいい、と言われたのも嬉しかった。

そんなことを思い出しながら、綺士はメニューを絞る。こういうときは一度食べたことがあるものから選んだほうがいい。

つまり、ハンバーグ定食かオムライス。どっちでもいいんだけど、うーん、今日の気分はとろとろふわふわかな。

ということで、オムライスにしよう！　オムライスも普段はまったく食べないので、すごく久しぶりだ。

「すみません、オムライスください」

綺士はそう注文した。

「オムライスですね！　かしこまりました！」

やっぱり、店員さんは元気だ。綺士まで、なんだか元気になってくる。

こんなに狭いお店で食事をするのも、隣の人と肘《ひじ》が当たりそうなぐらいの距離で座るのも、もっと言ってしまえば、知らない人とおなじテーブルにつくのも初めてだけど、そんなにいやじゃない。

なんだろう。ここにいる人がみんな、楽しそうに見えるからだろうか。

ごはんを食べている人も、待っている人も、働いている人も、穏やかな感じというのかな？

これだけ混んでるのに、慌ただしい様子がない。

シェフがちゃんとしてるんだろうな。お店の空気って、シェフが作るものだし。ここのシェフはどんな人だろう。

あ、そうか。カウンター席だとキッチンの中は見えるんだ。

さっき、そのことでかなり驚いたのを思い出した。作っているところを見せるのなんて、鉄板焼き屋さんぐらいだと思っていた。あれは目の前で焼くのも代金に含まれているから当たり前だ。

お寿司《すし》屋さんも天ぷら屋さんもカウンター席で食べるのが一番おいしいと言われているけど、家族で行くときは個室なので、目の前で握ってもらったり、揚げてもらったり、ということはない。鉄板焼き屋さんは個室でも目の前で作ってくれるから、すごく楽しかったな。

久しぶりに目の前…じゃないけど、シェフが作っている過程を見られるなんて、ちょっとわくわくする。

キッチンの中を見ると、じゅわー、と何かが焼ける音がして、そのあとにいい匂いが漂ってきた。これはこれでいいかも。食欲がそそられる。

家でもキッチンには入らないので、こうやって実際に何かを作っているところを見るのは初めてだ。

キッチンの中には二人いる。一人はお味噌汁をついだり、ごはんをよそったり、小鉢をお盆に乗せたりしているので、スーシェフだろう。ということは、短い髪にタオルを鉢巻《はちまき》状にして巻いている人がシェフ。たしかに、ずっとコンロの前にいる。

何か切ったり、混ぜたり、焼いたりしている。いまは、厳しい表情で目の前のフライパンを見つめていた。

あ、おいしいものが出てくる。

そう確信できた。

シェフが真剣に調理と向き合っているお店は、安心していいわ。かならずおいしいものを食べさせてくれるからね。調理に慣れてくると、自分でも気づかないうちに手抜きをするようになる人もいるの。そうすると、そこのお店の料理は見事においしくなくなっちゃう。

よく母親がそう言っていた。

だから、ほんのちょっとでも味が落ちていたら、そこには二度と行かないわ。だって、つぎに行ったら、もっとおいしくなくなっているから。そんな料理にお金を払う意味なんてないでしょう？

もっともらしく、そんなことを口にする母親は、生まれてこのかた一度も料理をしたことがない。それもまた、かなりの皮肉だなあ、と思う。でも、母親の言うことは当たっている。どんなものでも、慣れたときが一番危ういのだ。

綺士がさっきから見つめているシェフは、ずっと真剣なまなざしで料理に向き合っている。横顔しか見えないけれど、それでも、かなり整っているのがわかった。すっと通った鼻筋から少し上を向いた鼻の先までの曲線が、なんだかすごくセクシーだ。

彼は包丁で何かを刻むと、それをフライパンに入れた。フライパンを揺らしながら材料に火を通して、タレのようなものをかける。

じゅわー、という音と、そのタレが焦《こ》げるいい匂いがしてきた。

あれ、なんだろう。おいしそう。あれでもよかったな。

さっとお皿に盛って、スタテイできたよ、ともう一人のキッチン担当に告げる。そんなに大きくもない声なのに、よく響いた。少し低めで、すごく聞き心地のいい声。

スタテイってなんだろう。そんなメニューあったっけ？　あ、流行りの裏メニューってやつかな？　ぼく、裏メニューって好きじゃないんだよね。常連さんにはお出ししますよ、って、おかしくない？　だれもが食べられるものを出すのがレストランの仕事だと思うんだけどね。

もし、裏メニューだとしたら、ちょっとがっかりだ。

仕事ぶりをほんの少ししか見てないけど、その実直そうな人柄に好意を抱《いだ》いたのに。たくさん来てくれる人のわがままを聞きます、っていうのは、シェフとしてやっちゃいけないことだと思うよ！

「スタミナ定食お待たせしました！」

ちょうど綺士の隣の人のところに、そのお盆がやってきた。カウンター席は、キッチンの中の人が直接渡してくれる。

スタテイってスタミナ定食の略だったんだ！　ぼく、勝手にかんちがいして、勝手にがっかりしてた！　ごめんなさい、鉢巻の似合うシェフ！

そう、彼はすごく鉢巻が似合っているのだ。シェフというと、あの白いコック帽をかぶっているイメージだけど、彼は鉢巻でいい。気合いが入って見える。

隣の人のところにきたスタミナ定食は、たくさんの野菜とお肉を炒めたものに生卵がかかっていた。

へえ、これがスタミナ定食か。すっごいおいしそう！

隣の人は、いただきます、と小さくつぶやいてから、その料理に箸《はし》を伸ばす。あれ？　これ、スタミナ定食だよね？　ってことは、メイン料理はスタミナってことでいいんだよね？　ハンバーグ定食は、ハンバーグと定食ってことでしょ？　つまり、この人が食べてるものはスタミナって名前なの？　そんな料理があるんだ。世の中は広いな。知らないことばかりだ。

そんなどうでもいいことを考えている間に、隣の人はスタミナ（かどうかはわからないけども）を口に運んで、それから、ちょっとだけ微笑《ほほえ》んだ。

あ、おいしいんだ。

その表情だけでわかる。本当においしいものを食べたとき、人は笑ってしまう。そういう場面を何度も見てきた。

このスタミナはおいしくて、彼はいま幸せでしょうがない。それが、純粋にうらやましい。

あー、早くオムライス来ないかな。このシェフなら、老舗洋食屋さんで食べた、ふわっふわとろっとろを越えるオムレツを作ってくれるにちがいない。

腕時計を見たら、一時半を過ぎていた。お客さんもどんどん帰っていき、いまは半分ぐらい席が空いている。綺士のあとから来た人もいない。

どうやら、綺士はピークが過ぎ去るちょっと前に来たようだ。

さりげなく店内を見回すと、あと二人ぐらい料理を待っていた。それが終われば、ようやく綺士のオムライス。

しょうが焼き定食（遠いテーブルなのでよくわからなかったが、しょうがのいい匂いがした）、カツ丼（丼しか見えなかったから、どんな料理なのかよくわからないままだ）と、全員の前に料理が置かれた。その間に何人かが食べ終わって店を出たので、カウンターには綺士と隣の人しかいない。

トントントン、とリズミカルな音が聞こえてきた。見ると、シェフがタマネギとピーマンを切っている。

オムライスにタマネギとピーマン？　そんなの入ってたっけ？　鶏肉だけだったような気がする。それとも覚えてないだけかな。

赤いものを冷蔵庫から出して、それも切った。ニンジン？　いっぱい野菜入れるんだね。

シェフはフライパンに油を入れてから、タマネギ、ピーマン、ニンジンを放り込む。

鶏肉はあとから？　お肉って最初に炒めるものだった気が。

自分で料理をすることはないけれど、中学校のとき家庭科で習ったので、かすかに覚えている。

ま、いいか。見てない間に入れてたのかもしれないし。

シェフはしばらく中のものを炒めると、そこに用意してあったごはんを入れた。やっぱり、鶏肉はすでに入ってたようだ。

彼はフライパンを前後に揺すりつつ、塩コショウ（たぶん）で味付けをして、何かまた別の調味料を入れる。いったん火を止めて、隣のコンロに置いてあったフライパンに溶き卵を流し入れた。

オムレツだ！　朝食べるのとはちがう、オムライス用の、ふわっふわのオムレツ！　切ったら、とろり、と半生の中身が出てくるやつ！　あれって、どうやって焼くのかな？

さすがにフライパンの中の様子までは見えない。そのうえ、シェフはすぐに火を止めた。え、早くない？　さすが、ほぼ一人で（スーシェフは火を使う料理にはまったく絡《から》んでいない）、これだけの人数をさばくだけあるね。

卵のフライパンに、もうひとつのフライパンの中身を移した。くるっと引っくり返すようなしぐさをして、すぐにお皿に盛りつける。

え…？　ぼくの知ってるオムライスとちがうんだけど。オムライスって、そんなにたくさんの種類があるもの？

んー、でも、スタミナ定食のおいしそうさからして、このシェフは信用できるんだよね。きっと、デミグラスソースはすごいものが出てくるはず。何日も煮込んだ、とろとろの極上ソース。老舗洋食屋さんでハンバーグとオムライスしか食べなかったのは、デミグラスソースが大好きだからだ。デミグラスソースだけを味わいたい、とすら思う。

さすがにそれは下品だからしないけど。

「お待たせしました」

最後の注文だからか、シェフ本人が持ってきてくれた。ことん、とオムライスを綺士の前に置く。

きれいな半円形をしたオムライスは、見事な焼き色だった。焦げ目もなく、卵の混ざりムラもない。

それが見えるのは、デミグラスソースがかかってないから。中央に帯のようにケチャップがかけられている。

綺士はぱちぱちと目をまたたかせた。

これがオムライス…？

「あの…！」

もしかして、注文をまちがったんだろうか。

「あ、すみませんね。お味噌汁、いまお持ちしますので」

笑顔を浮かべてそう言ったシェフに、綺士は思わず目が釘付《くぎづ》けになった。

この人、かっこいい！

いや、かっこいい、というか、男らしい、のほうが正しいだろうか。くっきりした目鼻立ちで、日に焼けていて、東南アジアにいそうな感じ。日本もアジアなんだから当然なんだけど、もっと熱帯寄りの顔をしている。ハーフなんだろうか。

短髪にタオルを巻いた姿も、正面から見ると、もっと似合っていた。顔の形がしゅっとしているので、すごく凛々《りり》しい。

そして、驚いたことに、すごく若い。シェフになるためには十年以上は修業をするものだと聞いているし、自分のお店を持つのは、いくら若くても三十代後半ぐらい。たいていは四十を過ぎていた。なのに、この人は明らかに二十代だ。

二十代でシェフ…。大丈夫かな？

綺士は少し不安になる。

まだ経験が少ないなら、一食一食真剣に作るのは当然だ。慣れたあとも真剣なのとは、またわけがちがう。年を取ってからじゃないと出ない味がある、と母親もよく言っていた。

父親はそこまで食べ物に興味がないので（本さえ読んでいれば幸せな人なのだ）、食べ物について不満を言ったりはしないが、おいしくないと無言で残すので、実は母親よりも父親のほうがいきつけのお店では恐れられている。

母親みたいに文句を言ってくれる人のほうが、改善の余地を見つけられるのでありがたいらしい。

客商売って大変だね。

「お待たせしました」

湯気が立ったお味噌汁が置かれて、はっと我に返った。

ちがう、ちがう！　シェフの顔とか、親のこととか、どうでもいいんだってば！　ぼくは、これが本当にオムライスなのかどうかを確かめたいの！　スマホさえあれば検索できるのに、こういうときにかぎってない！

どうしよう。ほかにオムライスを頼んでいる人もいないし…。でも、まだ何人かお客さんも

いる中で、これはオムライスですか？　って聞くのも、ちょっと勇気がいる。聞いているお客さんに、あいつ、なに言ってんの？　とか思われたら恥ずかしい。

ここは、食べてみよう。うん、そうしよう。

綺士は、店員さんが置いてくれたスプーンをぎゅっとつかんだ。お箸はなんのために置いてあるんだろう、と不思議だったが、お味噌汁がついてくるからか。

オムライスにお味噌汁…。それって、あうの？　トマト味とお味噌か…。

おっかしいなあ。絶対においしいものを出してくれると確信したのに。ぼくの勘《かん》も鈍《にぶ》ったみたい。

まあ、いいや。おなかがぺこぺこだから、それが最高の調味料になってくれればいい。

「いただきます」

綺士は両手をあわせて、軽く頭を下げた。オムライスのはしっこに、ざくっとスプーンを入れる。ほとんど抵抗もなくスプーンが入って、きれいに一口分のオムライスが取れた。

断面を見ると、見事な赤。そこに、タマネギと…これハムだ！　鶏肉じゃなくてハムが入ってるのか。へー、ハム入りオムライスね。

うん、期待は全部消えたよ！　そもそも、こんな住宅街の真ん中にある定食屋さんで、老舗洋食屋さんとおなじ味を想像したぼくが悪いんだ！　おいしくなかったら、父親みたいに残そう。あ、でも、残したら気を悪くして、電話を貸してもらえないかも…。

もう、こうなったら、味わうのをやめよう！

綺士は深呼吸をしてから、スプーンを口の中に運んだ。

「ん…ん！　んんーっ！」

スプーンを持ってバタバタと手を上下に動かしたい気分になってくる。隣の人が驚いたように綺士を見た。

綺士は微笑んで、うんうん、とうなずく。そうすると、隣の人も、そうでしょう、みたいにうなずき返してくれた。

どうやら、わかってもらえたらしい。

このオムライス、すっごいおいしいんだけどっ！

出てきたのを見たときは、デミグラスソースもかかってないし、ふわふわのオムレツが上に乗っているわけでもないし、で、え？　と思った。スプーンですくったら、中身も鶏肉じゃなくてハムだし、もっとがっかりした。

なのに、すごい！　熱々のハムライスを薄い卵がしっかり受け止めていて、口の中に幸せが広がる。ケチャップだけとは思えない。絶対に秘密の調味料を使ってる！

もう一口食べてみよう。

スプーンですくって、あむっ、と食べた。

おいしいいいいいいい！

二口目のほうがもっとおいしい気がする。なんだろう、この渾然一体感《こんぜんいったい》は。完全にケチャップライスと卵が調和している。前に食べたオムライスは、ふわふわのオムレツとチキンライスの味をきちんと区別できたけど、これは、すべてあわせてオムライスな感じ。

おいしい！　おいしすぎる！

もう一口、もう一口、と食べ進んでいくうちに、あっという間に半分なくなった。綺士は食べるのが遅くて、外食のときなんて綺士が食べ終わるまでつぎの料理が出てこないから両親を待たせているぐらいなのに（二人ともお酒を飲んでいるから気にならないらしいけど）、自分でも驚きだ。

ここは落ち着いて、お味噌汁でも飲んでみよう。オムライスにあうとは思えないけど、気持ちを鎮《しず》めるには汁物がいい。

箸を割って、分離していたお味噌汁を軽く混ぜると、そのまま飲んだ。

「んんんんっ！」

また声が出てしまう。隣の人は、もう気にしていないようだ。というか、すでに食べ終わって、出ようとしている。

え、あの量をこの短時間で？　ごはん、すっごい大盛りだったよ？　でも、きれいになくなってる。

おいしいもんね。うんうん、わかるよ！　箸休めのつもりだったお味噌汁があまりにもおいしくて、ぼくもびっくりしてるし！

そう、たかがお味噌汁とあなどってはいけなかった。こんなおいしいオムライスを出すところだ。お味噌汁だって、すごいに決まってる。

具は豆腐とネギだけというシンプルさなのに、出汁《だし》がすごくいいのか、とにかくおいしい。

そして、オムライスにもあう！　オムライスにお味噌汁つけるの、どこもやればいいのに！

夢中でお味噌汁を飲んでしまって、はっと気づいたら半分ほどなくなっていた。

ここの料理、すごすぎるよ！

綺士はまたオムライスに戻った。あと半分しかないのが惜しくて、ちびちび食べようと思うのに、手が勝手にスプーンいっぱいにオムライスを乗せてしまう。

あむっ、と食べて、はー、おいしいなー、と思う。そういえば、このところ、ごはんがおいしいと思ったことがなかった。学校で出る食事も、家での食事も両方ともおいしいはずなのに、あんまり味がしない。

それもこれも、命が狙われてるからだ。そのことがストレスになって、食事を楽しむ余裕がない。学校では命を狙われてないけど、部屋で一人で食べるごはんは味気ない。

なのに、このオムライスはおいしい！　本当にすっごくおいしい！

そう思えたのは久しぶりで、ちょっと涙が出そうになる。

ぼく、結構大変な人生だよね…。

沈みそうになる心を、またオムライスが救ってくれる。

わー、おいしい！　幸せ！

そんなことまで思う。

綺士はあっという間にオムライスとお味噌汁を食べ終えた。最後にお水を飲んで、そのお水すらおいしいことに感動する。

このお店、本当にすごい！

はー、何もかも忘れて、しばらく、ここでのんびりしたい。コーヒーとかあるかな？　だれか飲んでる人がいたら、ぼくも頼んでみよう。

きょろきょろとお店の中を見回したら、だれもいなかった。

え、もしかして、全員帰ったの？　あんなにいた店員さんも、いまはだれもいない。キッチンの中も二人いたはずなのに、シェフだけが残っている。

これはもう閉店なのだろうか。ゆっくりしてっちゃだめなのかな。だったら、お金を払って、電話を貸してもらって、外で待とうか。

「あの…シェフさん！」

綺士は一心に何かを切りつづけているシェフに声をかけた。ほかにだれもいないんだから、しょうがない。だけど、シェフは聞こえてないのか、包丁を置かない。

「すみません！　シェフさん！　あのー！」

さっきより声を大きくすると、シェフが綺士のほうを振り向いた。

うわっ、かっこいい！　振り向くと、一段とかっこよく見えるね、この人！

「あ、俺を呼んだ？」

そして、すごいフランクに話しかけてくる。さっき、オムライスを置いたときとは全然態度がちがうんだけど。

「はい！　このお店のシェフさんですよね？」

「ん？　俺、結婚してないよ？」

…なんだろう。まったく話が通じてない。結婚してますか、って、ぼく聞いたっけ？　聞いてないよね？

「シェフさんですか？」

もっと、はっきりと言葉にしてみよう。

「シェフ！　シュフかと思った」

シュフって奥さんのこと？　え、もしかして、この人、女性なの？　見かけが男らしいだけ？

「シェフでもシュフでもないけどな」

「シェフじゃないんですか!?」

あまりの驚きに、綺士は目を丸くした。ということは、もっと上手《じょうず》な人がいるってこと？

それ、すごくない？

「シェフって、もっと堅苦しい店の料理人のことだろ？　定食屋の店長に使う言葉じゃねえよ」

「え…、そうなんですか？」

どんなお店でも、一番えらい料理人がシェフだと思っていた。ちがうんだ？

「まあ、そんなことはどうでもいいや。俺に用？」

「あ、はい！　オムライス、とってもおいしかったです！　ごちそうさまでした」

綺士は、ぺこり、と頭を下げた。

「お代はどなたに支払えばいいんですか？」

店員さんがいないので、あの面白そうな機械のところに行ってもムダだろう。

「あ、全員、休憩行かせたんだった。じゃあ、俺が受け取っとくわ。オムライスって、いくらだ？」

「えーっとですね…」

綺士はメニュー表を見た。

「七百円です」

「ぴったりある？　それとも、お釣りいる？」

「お財布《さいふ》を見てみます」

綺士は胸ポケットからお財布を出す。日本はまったくカード社会じゃないので、いつも、ある程度の現金は持ち歩いていた。読みたい本があって本屋で買うときとか、カードよりも現金のほうが処理が速い。カードだといちいち伝票にサインしなきゃいけなくて、めんどくさくてしょうがない。だったら、お札を出してお釣りをもらうだけのほうが簡単でいい。

お財布の中を見ると、小銭がたくさんあった。いつの間に、こんなにたまっていたんだろう。現金で買い物をするのは本屋ぐらいなので（学校では一切お金を使わない。何かを買うときも、寮の部屋番号を言うだけでいい。そのすべての請求が親にいくようになっていた）、なるべく細かいのがたまったら使うようにはしているけれど、このところ、いろいろめんどうになっていて、ずっとお札を出していた気がする。

命を狙われるのって、本当に厄介《やっかい》だ。普段の生活のちょっとしたことですら、やる気がなくなる。

「ちょうどあります」

綺士は七百円をカウンターに置いた。

「あ、助かる。ありがとう」

「え、なんでお礼を言われるんですか？」

綺士はきょとんとする。

「あんなにおいしいものを食べさせてもらったのは、ぼくなのに。あ、ぼくがお礼を言わなきゃいけないんだ。おいしいオムライスとお味噌汁をありがとうございました！」

綺士はぺこりと頭を下げる。

「おまえ、変わったやつだな」

シェフ…じゃないのか、じゃあ、どう呼べばいいんだろう。とにかく、オムライスを作ってくれた人は、びっくりしたように綺士を見る。

「ただのかわいい子供だと思ってたら、妙に礼儀正しい」

かわいい…。よく言われるけど、あんまり嬉しくないんだよねえ。だってさ、ぼくは男なんだよ？　見かけはかっこいいほうがよくない？

綺士は母親の若いころによく似ているらしい。写真を見せてもらったら、たしかにそっくりだった。母親は周囲にも評判の和風美人で、いまも十分にきれいだ。着物がよく似合う。

それを受け継いでいるので、自分で言うのもなんだけど、綺士も顔が整っている。ただし、目だけはだれに似たのか、すごく大きくて二重だ。母親がしゅっとした切れ長の一重なのがうらやましい。目がもうちょっと細かったら、かわいい、って評されることもなかっただろうに。

鼻は高くて筋も通ってるし、唇は少し薄めで血色がいいせいか赤い。そこにくっきり二重のくりっとした目がついてたら、かわいい以外の感想がない。それはしょうがない。

おかげで海外では、かなり年下に見られる。ものすごく幼く思われて、一人で街を歩いていたら、親の育児放棄《ほうき》で警察を呼ばれそうになったこともある。

童顔なのも困ったものだ。

初対面の人にも、こうやってかわいいって言われるし。

…ま、もう慣れたからいいんだけど。

「本当においしかったので」

綺士が念を押すと、シェフ…じゃないのか、とにかく、作ってくれた彼はにっこり笑った。

「それはよかった」

その笑顔が本当に嬉しそうで、綺士まで嬉しくなってくる。

「ところで、なんで、この店に来たんだ？　初めてだよな？」

「はい！」

へー、来た人のこと覚えてるんだ。ますますすごいシェフ…ああ、もう、こっちを先に解決しよう！

「あの、シェフさんじゃなければ何なんですか？」

「俺？　元木和剛《かずたけ》。よろしく」

手を差し出されて、綺士は思わず握手した。これは完全なる条件反射。

「この食堂の店主。シェフみたいなえらいやつじゃないよ。シェフって、どこそこの店で何年修業しました！　とかだろ？」

たしかに、それはそうだ。

「俺は、親がやってた食堂を継いだだけだし」

「ああ、元木さん！」

のれんに『元木食堂』と書いてあったのを思い出した。そうか、元木さんが作ってるから、元木食堂なんだ！　すごい！　お店の名前にそういうつけ方をするのってめずらしくない？　シェフの名前がついてるの…、あ、でも、いつか行った天ぷら屋さんがシェフの名前だったな。あのときも、めずらしい、と思ったものだ。

「ん？　どうした？」

あ、名前を呼んだと思われたみたい。

「すみません、お名前を呼んだわけじゃなくて、『元木食堂』の元木さんなんだな、って、ちょっと感動してたんです」

「感動？　なんで？」

「そういうお店をあまり知らないので」

というか、その天ぷら屋さん以外は記憶にない。

「おまえ、いいとこのぼっちゃんだろ？」

元木がにやりと笑った。え、なんでわかったんだろう、でも、認めないほうがいいのかな、ごまかそうかな、と元木を見ると、確信ありげな表情をしている。綺士は嘘をついてもむだだと悟った。

「…わかりましたか？」

綺士は、自分の体を見下ろしてみる。たとえば、服装が高価だとか？　でも、普通のジャケットにシャツとズボンなんだけどな。たしかに、どれもブランド物だけど、一目見てわかる感じでもないと思う。

態度が変？　言葉づかいがちがう？

どこで見破られたんだろう。

「メシを、すっごいきれいに食べてたから。姿勢もぴしっとしてるし、スプーンも箸もちゃんと使ってる」

ちゃんと使う？　どういうこと？

「箸の持ち方が正しいやつらは結構たくさんいるけど、スプーンまできれいに持つのって、そういないんだよな。おまえは…名前なんて言うんだ？」

「姉小路です」

綺士、とは名乗りたくなかった。だって、絶対にバカにされるか、笑われる。そういう経験は何度もある。

「うわ、名字まで金持ちっぽい。名前は？」

言いたくないです。でも、聞かれたからには答えないと、というのが、なぜか綺士の中にはあって、だから、小さな声で告げた。

「…綺士、です」

「へー。騎士のナイト？」

「字はちがうんですけど。あの、綺麗《きれい》のキに武士のシで綺士です」

「ん？」

元木はメモ用紙を出した。そこに綺士と書く。

「これ？」

「あ、そうです」

「へー。すごいかっこいいな」

いえ、それにはいろいろとあって…、と言いかけたところで、はたと止まる。

いま、かっこいいって言った？

この名前を聞いて、最初にそう言ってくれる人はめったにいない。ちょっと嬉しいかもしれない。

「俺の名前、こう書くの」

元木は、綺士の下に、和剛、と書いた。これで、カズタケと読むのか。いい名前。

「すっごい堅苦しいだろ？」

「そんなことないです！　いいお名前です！」

綺士も、こんなまともな名前がよかった。どう読むの？　とか、なんで、そんな名前なの？とか、ぷっ、と噴き出されるとか、そういうことがない名前にあこがれる。

「やっぱ、他人の名前ってよく見えるんだな。俺も綺士って名前だったらよかったよ。綺士さん、って後輩とかから呼ばれるの、すげーかっこいいじゃん！」

それは、ずっとこの名前で生きてないからですよ。でも、やっぱり、ほめられたら悪い気はしない。笑われるよりはましだ。

「じゃあ、綺士って呼ぶな」

いえ、困ります、とは決して言えそうもない。そして、別に困らない。たいていの人からは綺士と呼ばれてるんだし。

「スプーンってさ、持って食べればいいだけだから、一見、簡単そうに見えるんだけど、きれいに使っているやつって、実はそんなにいないんだよな。綺士はスプーンの持ち方だけじゃなくて、腕の角度までちゃんとしてて、この子、きちんとしつけられてる、とすぐにわかったよ。全体的な食べ方もきれいだし」

わ、すっごいほめられてる！　綺士にとっては普通にしてるだけのことを、ここまで賞賛されると、ちょっとこそばゆい。でも、嬉しいな。そこまで見てくれてたなんて。

「で、たぶん、こんなお店とか入ったこともないおぼっちゃまが、いったいなんの用？」

「あ、そうだ！　電話を貸してください！」

すっかり忘れてた。

「電話持ってねえの？」

「持ってますけど、車の中に置き忘れて」

「え、車ってタクシー？　それ、大丈夫か？」

元木が心配そうに綺士を見た。とてもいい人なのが伝わってくる。

「いえ、自分の車なんですけど…」

「じゃあ、その車に取りに行けば？」

うん、普通はそうだよね。

「それが、できない事情がありまして」

まさか、追っ手から逃げるためにその車から飛び降りた、なんて言えない。

「ん？　誘拐《ゆうかい》されたところを命からがら逃げ出してきた、とか？　だったら、この辺と無縁なのに、この店までたどり着いたのも説明がつくな」

「この辺と無縁かどうかわからないじゃないですか」

誘拐された、以外はあっている。この人、すごく鋭いな。料理がうまくて頭の回転が速いなんて、尊敬する。

男としてかっこいいし、絶対にもてるよね？

「この辺はそこまで土地が高くないから、綺士みたいな金持ちはいないんだよな。だから、わかる」

へえ、そうなんだ。でも、どの家もすごく豪華というわけではなかったし、そう言われたら納得できる。

「まあ、電話ぐらいならいくらでも使っていいよ。ちょっと待ってな」

元木が奥に引っ込んだ。戻ってきたときは、コードレス電話を手に持っている。

よかった！　これで運転手と連絡が取れる！

「ありがとうございます！」

綺士はその電話を受け取ろうとした。

「ただし」

元木が、ひょい、と電話を遠ざける。

「お金持ちのおぼっちゃまに電話を貸して、そのせいで、誘拐犯にこの店を襲撃されても困るからな。そうじゃないことを証明してくれるか？」

「証明…」

いったい、どうやって？

「なんで、ここに来たんだ？」

「誘拐されてはいないですけど、命を狙われてます」

こういうときは作り話をしないほうがいい。どっちにしろ信じてもらえないんだから、本当のことを言っておけばいいのだ。

「へえ」

元木がキッチンから出てきた。そのまま、綺士の隣に座る。

「詳《くわ》しく聞かせろ」

元木の目はきらきらと輝いていた。

え、もしかして、信じてくれたの？　嘘《うそ》でしょ？　自分でも、ありえない、と思ってるのに。

「そしたら、電話を貸してやる」

今日会ったばかりの他人にするような話では、絶対にない。でも、電話を貸してもらえないと困る。

どうしよう、と迷ったのは一瞬だった。

この人とはもう二度と会わない可能性のが高いんだから、全部打ち明けてしまえばいい。

親にも話せないでいたこと。

親はとっくに解決済みだと思っていること。

なのに全然そうじゃなくて、いまも大変な目にあっていること。

それをすべて。

わくわくと綺士の話を待っている、この人に。

元木食堂

2

あれは、綺士が中学を卒業したばかりのころ。

「つぎの当主は綺士にしようと思う」

姉小路家の一族郎党が集まる催しの際、じいちゃんが唐突にそう宣言した。

姉小路家は旧華族ではあるものの、最初から大金持ちだったというわけではない。先々代の当主が海運業で財をなし、それをじいちゃんが引き継いで、海運だけではなくいろんな分野で頭角を現していったのだ。その結果、姉小路家はいまや、日本最大規模のコングロマリットを営んでいる。じいちゃんが経営している間に、資産を何十倍にもしたらしい。

じいちゃんは五十歳の誕生日に、会社社長と姉小路家当主という立場を息子に譲った。かなり早い引退なので周囲に大反対されたが、もう十分にやりきった、あとは息子のサポートをしながらのんびり暮らしたい、と自分の意思を押し通した。

まかせられた息子には、じいちゃんのような商売の才覚はなかった。それでも腐ることなく、彼なりにがんばっているという話だ。とはいえ、カリスマと呼ばれたじいちゃんが経営していたころと比べると売上はかなり落ちている。

息子だからといって安易に社長の座を譲るんじゃなかった。血縁関係ならだれでもいいから、一番向いてるやつにやらせればよかった。そうすれば、引退してもなお、会社のことを考えなくてもすんだのに。

じいちゃんは冗談まじりに、よくそんなことを言っていた。

だけど、冗談じゃなかったようだ。

だって、綺士を跡継ぎに選ぼうとしているんだから。

じいちゃんのとんでもない発言があったとき、綺士はお寿司を食べようとしていた。銀座《ぎんざ》の有名店の大将が、その場で握ってくれるおいしいお寿司を口に入れようとした瞬間だった。

ちょっと待って…？　いま、じいちゃん、なんて言った？

手は止まらずに、そのまま、お寿司を口の中に入れて、綺士は、ごくん、とそれを飲み込む。

せっかくの炙《あぶ》りトロだったのに、まったく味がわからないまま。

そのぐらい、驚いていた。

まず、綺士は本家の血筋じゃない。母親がじいちゃんのお姉さんの次女で、その息子が綺士。じいちゃんからしたら綺士がどういう間柄になるのか、よくわからない。

母親は、旧伯爵家の傍流《ぼうりゅう》である父親に嫁いだ。つまり、名字すら姉小路じゃない。こういった姉小路家の催しにも、年に一度か二度、顔を出すぐらいだ。

父親の家もお金にはまったく不自由していないので、綺士は幼いころからいい家に住み、いいものを食べ、いい学校に通い、勉強もきちんとしてきた。長期の休みには海外に出向き、たくさんの芸術に触れたり、現地の人と文化交流をしたりと、おなじ年代の子に比べるといろんな経験をしている。ちなみに英語とフランス語がペラペラで、いまは、つぎの第一言語になると言われているスペイン語を勉強中だ。スペイン語よりもなぜ先にフランス語を学んだかというと、両親がパリが大好きで年に一度はパリに行くので、しゃべれたほうがいいだろう、と思ってのことだ。

大学は海外の名門大学でもいいし、日本でお金持ちのおぼっちゃんが行くようなところへ通って人脈を作ってもいい。大学を卒業して仕事をするつもりなら海外、趣味で何かするなら国内、遊んで暮らすならどっちでも、と言われていた。

どうして？　と聞いたら、父親が丁寧《ていねい》に説明してくれる。

仕事をしたいなら経営学を学んで必要な資格をいくつか取ってもらう、それには、日本のようにぬるい教育じゃ無理。

趣味で何かするなら、日本国内のコネが重要。仕事にできない趣味程度なら海外では通用しないから、わざわざ国外の大学に行く必要もない。

遊んで暮らすなら、大学はただ卒業すればいいから、好きなところで好きなようにしてくれていい。

なるほどね、と思った。

どうするべきか、高校生の間に決めなきゃならないのか。それは大変だよなあ。

そんなことを考えていたのは、近くで子供の大学進学について話している人たちがいたから。深刻な表情で、じいちゃんに認められる大学じゃないと…、みたいなことを言っていて、へえ、姉小路家って厳しいんだな、と思ったものだ。

じいちゃんに認められる大学って、なんか、すごいところっぽくない？　むやみやたらに、そういうところを目指して勉強するのは、楽しくなさそう。

やっぱり、楽しく勉強するって大事だよね。そのためには、早めにどの道を目指すかを決めておいたほうがいい。

でも、いまは進学について悩むのはやめて、お寿司をゆっくり味わおう。ここの炙りトロは絶品なんだし。いかにも脂が乗ってて、おいしそうだ。

そうやってお寿司を堪能《たんのう》しようとしたときに、なぜか、外様《とざま》も外様である綺士の名前が呼ばれたのだ。

あのときの炙りトロを返してほしい。あまりの驚きに、味わわずに、ごくん、と飲み込んでしまった。返す返すも、もったいない。

それまで、じいちゃんが自分の名前を覚えているとすら思っていなかった。毎回、お目通りっていうのかな？　みんながずらっと並んで、じいちゃんにあいさつするやつがあるんだけど、そのときも、おお、ハナ、元気か！　と母親の名前しか呼ばない。母親の名前はカタカナでハナ。母親はその名前が、いやでいやでしょうがなかったらしい。思春期には、よく両親に泣いて抗議した、と言っていた。たしかに、綺士からしても、ちょっと変わっているとは思う。

どうしてつけたの？　って聞いたら、なんとなく、って言うのよ！　せめて、理由があってほしいじゃない！　道端の花がきれいだったから、とか。漢字で一文字だとありきたりだからカタカナにしたのよ、とか。なんとなくで名前つけるって、ひどくない？　わたし、本当にかわいそうでしょ？　自分の名前が好きになれないんだもの！　だから、綺士を身ごもったときは、すごくいい名前にしよう、と決めたの。性別がわかった瞬間から、すごくすごく考えて、世界でも通用するかっこいい名前にしたのよ！

母親はことあるごとにそう言う。その意気込みというか、執念というのか、それはすごいと思う。そして、本当にがんばって考えたんだろう。

でも、お母さん、大変に残念なお知らせです！

ぼくも、お母さんみたいに自分の名前が好きじゃないよ！　だって、おかしいよね？　海外で通用するとか言うけど、ナイトって名乗った瞬間に、ぷって笑われるんだよ！　背も低いし、童顔だし、筋肉むきむきな男らしさとは無縁なのに、ナイトっておまえ、みたいな表情が相手に浮かぶの、どれだけ屈辱《くつじょく》かわかる？　あと、こういうキラキラネーム（だよね？）って、年取ったときにどうすればいいわけ？　八十歳で、綺士です、とか言いたくないんだけど！

母親には決して言わない本音。だって、母親ががんばって名前を考えたのに、まるで昔の自分とおなじようにそれをきらってる、なんてかわいそうすぎるしね。

で、なんの話だっけ？　ああ、そうそう、炙りトロ…じゃなくて、じいちゃんのとんでもない発言についてだった。

炙りトロを飲み込んだあと、少し冷静になった。綺士ってもしかしてぼく以外にいたかもしれない。だって、姉小路の血は入っているけど姉小路家の人間とは言えないぼくを跡継ぎにするわけがないから。

そうだ、綺士じゃなくて、別の名前を呼んだ可能性もある。それを、ぼくが聞きまちがえただけ。

そんな現実逃避も、つづくじいちゃんの言葉で消し飛んだ。

「姉小路…じゃないのか、なんだったかな…ああ、俵崎《たわらざき》綺士を跡継ぎとする！」

…俵崎なんて変わった名字、この中ではうちしかいないよ。

「綺士！　どこにいる？」

えー、行きたくないんだけど。このまま、こっそり帰れないだろうか。きっと、ぼくのことなんて周りは知らないだろうし。

きょろきょろと周囲を見回した。周囲の人もおなじようにしている。

ほら、だれもわかってない。ここはこっそり…。

「俵崎綺士さまですね？」

いつの間にか、綺士を黒服の人間が囲んでいた。全員、ごつい。完全に殺し屋かボディガード。できれば、ボディガードであってほしい。

「お迎えにあがりました」

だから、どっちー！　殺し屋ならついていきたくないよ！

「綺士！」

両親が慌てて駆けつけてきた。よかった！　これ、何かの誤解だよね？　ぼくが跡継ぎになるわけがないよね？

「どういうこと？」

黒服たちから逃げるようにして、綺士は両親の後ろに隠れた。情けない、という気持ちはまったくない。

だって、ぼく、まだ十五歳だし！　子供だし！　卒業したとはいえ、三月いっぱいまで中学生だし！　それなのに、こんな事態に冷静に対処できるわけないでしょーっ！　こういうときは親に頼るのが一番！

文句言うやつは、自分がおなじ立場になってみればいいんだーっ！

別にだれにもなんにも言われてないのに、心の中でそんなふうにわめいてしまったのは、自分が一番、情けない、と思っていたからだ。そんなの、わかってる。

でも、ぼくはただ集まりに来て、炙りトロを食べてただけだ。なのに、急に跡継ぎだなんだと言われたらびっくりするよっ！

「わからないわ」

母親が困惑したように首を左右に振った。父親は眉をひそめている。

どうやら、二人とも知らなかったらしい。

「あなたがたは？」

父親が綺士が知りたかったことを質問してくれた。

さすがお父さん！　頼りになるね！

「綺士さまをお守りするように言いつけられました。じいちゃんのところまでお連れします。よろしければ、ご両親も一緒に」

ボディガードだった！　よかった！　あと、ボディガードも、じいちゃん、って呼ぶのか。あの人、名前あるの？　もしかして、じいちゃん、って名前？　本人から、じいちゃん以外の呼び名は禁ずる、とか言われてるんだろうか。

「ええ、もちろん」

父親が力強く答える。

お父さん、本当に頼りになるよ！　いつも家で本ばかり読んでいて退屈じゃないのかな、とか思っててごめん！

「それでは、こちらに」

黒服は全部で五人。それが俵崎家の三人を囲みながら移動していく。彼らが一歩進むごとに人が割れて空間ができた。まるで、旧約聖書のモーセみたいだ。

　そのまま、じいちゃんのいる場所まで連れていかれた。じいちゃんは会場の隅でマイクを片手に、楽しそうににこにこしている。

なるほど。マイクでしゃべったから、あんなに会場に響いたのか。本当に迷惑！

　綺士が知っているじいちゃんは、いつも笑っていた。いまも、そう。姉小路家最強のドン、と周囲から恐れられているとは思えない。

「お連れしました」

　黒服がさっと左右に割れた。そうすると、俵崎家三人が取り残される。

「おお、綺士はハナの息子だったのか」

　ちょっと待って！　やっぱり、ぼくのこと知らなかったの⁉　なのに、跡継ぎに指名したわけ⁉　どうして⁉

　頭の中には疑問がいっぱい。

「じいちゃん。これはどういうことですか？」

　母親が冷静に聞いた。

　親って、やっぱり頼りになるなあ。二人とも、ぼくを守ろうとしてくれている。

　そして、こんなときでも、じいちゃん、と呼ばれることに、じいちゃんのすごさを感じてしまった。

だって、お母さん、すごい怒ってるんだよ？　なのに、じいちゃん、なんて、ちょっとかわいい感じで呼ぶんだよ？　それって、なんだか怖くない？　じいちゃんって呼ばなきゃ、とんでもないことになりそうだよね？

そもそも、母親は昔はじいちゃんと呼んでなかったはずなのだ。だって、叔父《おじ》さんにあたるわけだから。なのに、いまは、じいちゃん呼び。

うん、じいちゃん、絶対に怖い。

「何がだね？」

「綺士が跡継ぎって、どういうことですか？」

「あれは昔々のこと。わしには息子が二人と、息子のいとこに当たる子が十人以上いた。ハナの兄と弟もそうだ」

そうか。そういう関係になるんだ。ってことは、ぼくってじいちゃんの…うん、やっぱりわからない。

「その中に、大変に聡明《そうめい》で、将来、うちの企業を継いでほしい子がいたんだ。だれとは言わないけどな。だが、実の子供に家督《かとく》を継がせるのが当然、という声に負けた。いや、わが子かわいさに負けたのかもしれん。わしが、人生で唯一、まちがったと認めている決断だ。そのせいでどうなっているのか、おまえも知っているだろう」

「じいちゃんは息子さんに厳しすぎます」

母親は、きっぱりと言い切った。周囲が、ざわり、となる。

「じいちゃんのときほどの業績はあげてないかもしれませんが、十分にすごいと思いますよ」

「それは、わしがいろいろ手助けしとるからだ」

じいちゃんはにっこりと笑った。

「わしがいなくても安心できる跡継ぎがほしい。一度、まちがえた。二度目はまちがわない。だから、綺士なんだよ」

「意味がわかりません」

母親が冷たく言う。

「そもそも、その跡継ぎにしたかった人はどうなってるんですか?」

「うちを出て、海外で別の会社を興《おこ》して、大成功しておる」

「あ…」

母親はだれかわかったようだ。

「あいつがやっているのとおなじ部門の業績は、ダダ下がりだ。きっと、うちのその部門を潰《つぶ》したいのだろう。そういうところも、本当にすばらしい。うちに置いておきたかった逸材《いつざい》だ」

「潰したいわけじゃないと思いますよ」

母親が、ふう、と息をついた。

「弟は跡継ぎにされたら困ったはずです。海外で会社を興すのは、弟の昔からの夢だったので」

　え、叔父さんなんだ？　フランスで何かの会社の社長をしているというのは聞いていた。パリに行くたびに会って、フランス語の新しい言い回しを教えてもらったりしている。すごくやさしくて楽しくて、大好きな叔父さんだ。

　まさか、そんなに商売の才能があったなんて。いつも、フランス語の勉強と称して、バカな話ばかりして笑い合っているのに。

「そうなのか」

「ええ。それに、綺士を跡継ぎにしたからといって、じゃあ、競合相手として手を抜くか、という性格でもありません。相手が綺士だろうが、ほかのだれだろうが、自分の会社を一番にしたい子です」

「それはわかっておる。だから、あの子を跡継ぎにしたかった。そういった無慈悲な部分も必要なのだ。そして、わしも、そんなことを期待して綺士をつぎの跡継ぎに選んだわけじゃない。ハナの息子ということも、いま初めて知ったぐらいだ」

　そういえば、さっき驚いていた。

「じゃあ、なぜ？」

「綺士がうちの会社を継ぐころには、わしは生きていないかもしれない」

「…それはそうかもしれません」

じいちゃんっていくつなんだろう。母親の母親、つまり祖母とおなじぐらいの年齢なら、六十はとっくに超えている。つぎの跡継ぎがいくつでなるのか知らないけれど、まだ高校生にもなっていない綺士を指名したぐらいだから、十年以上先の話だ。たしかに、そのときまで生きている保証はない。

「つまり、いまのようにいろんな問題が山積みでも、わしが出て行って頼めば解決する、ということもできなくなる。いまの当主は…現状をどうにもできていないのに跡継ぎを助けるなんて無理だろう」

う…息子さんに対して厳しい。そして、そのとおりだろうな、と思ってしまうのもつらい。いまの当主が、ただの無能で働きもせずに遊んでばかりだとしたら、そう言われてもしょうがないけど、すごくがんばっているらしいことは小耳に挟んでいる。こういった集まりに来ると、かならず、息子さんの噂《うわさ》話が出るからだ。

綺士は、おいしい食べ物がたくさんある場所で、おなかいっぱい好きなものを食べよう！と楽しみにしているだけだ。それなのに、いろんな話が聞こえてくる。

じいちゃんは商売の才能がありすぎたせいで息子さんに厳しいことも、息子さんは息子さんなりに精一杯やっていることも、何回も何回も耳にしていた。

へえ、できる人の息子って大変なんだなあ。

のんきに、そんなことを考えていたのに。

なんで、ぼくが巻き込まれそうになってんの！

「いまはどうにか踏ん張って、つぎで立て直す。それがわしの目標だ」

…やだな。こんなこと言われてる息子さん、本当につらいな。ぼく、こういうの、あんまり好きじゃないんだよねえ。

じいちゃんはじいちゃんで、息子だからといって甘くしたらいかん！　という気持ちがあるんだろう。そして、自分と比べてふがいない、と思っているのかもしれない。

でもさー、親って子供に対して、もっと甘くてよくない？　何があっても味方だよ、って安心させるのが役割のひとつじゃないの？　もし、ぼくが親にこんなことを言われたら、絶望のあまり家出するよ。

がんばってないんならしょうがないけど、力のかぎりやってもだめだったときは、まず、おまえはよくやった、とほめてあげてほしい。そのあとでなら、アドバイスなり説教なりはしてもいい、というか、して当然だけど、ただ否定してばかりというのは、本当につらい。

こういうこと言われるの、自分に対してじゃなくてもすごくいやだ…。

「綺士がどうやって立て直すんですか？　この子が会社の経営に向いてるという根拠がありますか？」

お母さん、がんばって！　じいちゃんを言い負かして！

ぼく、会社の経営とかなんの興味もないから！　それも、巨大企業とか絶対に勘弁してほしい！

「つぎの当主になるであろう年齢の、姉小路と少しでも血のつながりのある子には、小学校、中学校の間に一度ずつ、それと高校入試のときに特殊なテストを受けてもらっておる」

「へ…？」

思わず、綺士の口から変な声がこぼれた。

何それ！　知らないんだけど！

綺士は幼稚園から高校までのエスカレーター校に通っている。小学校、中学校の入学試験は面接だけだったし、高校入試は形式上、受ければいいだけの簡単なものだった。そんな特殊な試験なんて絶対に受けていない。

「綺士は受けてないです。私立のエスカレーター校に通っているので、小学校と中学校の入試はなかったですから」

さすが、お母さん！　よく覚えてる！

「小学校と中学校は入試がないところも多いからな。能力判定テストという名前で生徒全員に受けさせておる」

能力判定テスト？　そういえば、そんなのやったような。クイズみたいな問題ばかりで楽しくて、すらすら解いた。能力が高い人には後日、連絡があります、と言われて、なんの連絡もなかったから、結構解けたはずなのになー、と残念だったことをいま思い出した。

なんの能力を判定するものなのか、そういった細かい説明はされていない。

「受けた？」

母親が綺士を振り向いた。綺士は、こくん、とうなずく。

「ということは、綺士の成績はよかったんですね。でも、それは昔のことです。神童も二十歳になったらただの人、ということわざがあるぐらいですから」

ちょっとお母さん！　ぼくをかばおうとしてくれてるんだろうけど、そういうこと言われると結構傷つくよ！

「だから、高校入試のときにも受けさせてるんだよ」

「受けた？」

おんなじ質問に、今度は首を左右に振った。綺士が受けたのは、英国数の三教科だけだ。私立だから理科と社会がなくてラッキーだった。いくら形式上のものとはいえ、小学校からずっと成績優秀者として知られているのに悪い点を取るわけにはいかない。英国数だと入試のためにわざわざ勉強しなくてもいい点を取れる自信があるが、理社は覚えることが結構あるので、入試科目に入っていたら三年分、きっちり復習しなければならないところだった。

…って、そういう話じゃないか。

「受けてないみたいです」

「高校入試は簡単だっただろう？」

じいちゃんは、直接、綺士に話しかけてきた。綺士は母親を見上げる。母親が、大丈夫よ、と言いながら微笑んだ。

つまり、これは答えてもいい。

「簡単でした」

「入試にしては簡単すぎると疑問に思わなかったか？」

「…入試は形式上のものだから、と言われていたので、こんなものかと思いました」

「ふむ。さすがだな」

「どういうことですか？」

ここで、母親が口を挟んでくる。

「どの教科も中学まででは習わない問題を出しておるんだよ」

「え？」

「え…？」

母親と二人、疑問の声が重なった。戸惑いが強いのが綺士、怒りがこもっているのが母親、というちがいはあるけれど。

「国語は高校レベルの文学史や漢字、文章の解釈、その他もろもろ。英語はいますぐにでも英語圏に住める語学力を必要とする問題ばかり。数学は公式を使えば簡単だが、その公式は高校で習うもの。ただし、中学校までの知識を組み合わせれば、公式がなくても解ける。つまり、どれだけ柔軟な発想を持っているか、のテストだ。あれを簡単な入試だと思うのは、綺士だけだろう。国語以外は満点だった」

「え…」

国語は満点じゃないんだ。

その悔しさから声がこぼれた。だって、国語も簡単だった。全教科満点だと思っていた。さすが、合格前提の高校入試はちょろいな、なんて思っていたのに。

「ほら」

じいちゃんが嬉しそうに綺士を指さす。

「満点じゃないって聞いて悔しがっている。こういうところが会社経営に必要な部分だ。数学と英語が満点でも、それは当然。どうして国語が満点じゃないのかを不審に思っている。そうだろう？」

そのとおりだけど、ここでうなずいたら大変なことに巻き込まれてしまいそうな気がして、綺士はあいまいな笑顔を浮かべた。

「根拠はわかりました」

母親がじいちゃんと綺士の間に入ってきた。綺士はほっとする。

本当にお母さんって頼りになるよね！

「でも、それは、綺士に会社を経営する能力がいまの時点ではある、というだけで、成長していくにつれ、ただの人になる可能性のが高いです」

…だから、かばってくれるのはすっごく嬉しいんだけど、それ、ちょっとした悪口に聞こえるから！　ただの人でもかまわないけど、その前にさんざん、すごい、すごい、とほめられてたから、落差が激しい。

「もちろん、そんなことはわかっておる」

じいちゃんにも追い打ちをかけられたよ！　だったら、最初から、天才みたいに言わないでほしい！

「そもそも、三つのテストの結果で判断できるのは、頭のよさや考え方の柔軟性は経営に向いている、というだけで、性格的なものはわからない。おまえの弟とはともにいた時間も長く、ああ、この子なら、と思える部分がたくさんあったが、綺士に関しては一切知らないしな」

そのまま、知らなくていいよ。ぼく、巨大コングロマリットを率いるとか、なんの興味もないから。

かといって、別に何かしたいってわけでもないんだけどね。だって、ぼく、まだ十五歳だよ？　炙りトロを食べようとしてただけだよ？

なのに、なんで、こんなことになってるの？

「綺士は一人っ子で甘やかして育てたので、他人との競争には向いてません。母親として、それは断言できます」

うんうんうん！　ぼく、競争とかきらーい！　一人で結果が出せるものならがんばれるけど、他人と競う意味がわからない。

あ、経営に全然向いてなかった！　よかった！　よかった！

「そうとは言い切れない。なので、高校三年間、うちに預けてもらう」

「は？」

「はあ？」

「はあああああああ？」

母親、父親、綺士の順で声が大きくなっていく。

うちに預けてもらう、って何？　家を離れて、ここでじいちゃんと暮らすってこと？　やだよ！　絶対にやだからね！

「綺士はこの高校に行ってもらう」

じいちゃんが一枚の紙を母親に渡した。母親は目を丸くして、そのまま父親に渡す。父親もおなじ表情を浮かべた。

「これは…」

「おまえたちが願書を出して、門前払いにあったところだ。そういう情報はさすがに知っている。両親がだれかなんていう、どうでもいい情報には興味がないがな。えーっと、きみ、名前はなんだったか…」

じいちゃんは父親のほうを見た。

「俵崎です」

「ああ、そうそう。俵崎だった。俵崎クラスだと、基本的には願書すら取り寄せられないんだが、ハナの名前が効いたんだろうな」

「じいちゃん！」

母親がわめく。

「主人に失礼なことを言わないでください！」

「失礼というか、ただの事実だよ。俵崎では入れない高校も、わしが働きかければ入試もなく入れる。世の中とはそういうものだ」

ちょっと、もう何がなんだかよくわからない。外部入試を受けなさい、とか言われたこともないし、両親から、こんな高校あるけどどう？　なんて相談されたこともない。

なのに、二人して、ぼくを入れたい高校があったってこと？

「綺士」

じいちゃんが母親の脇《わき》から顔を出した。

「自分の能力の限界を知ってみたくないか？」

知りたい。

すごく自然に、そう思った。

自分には何が向いているのか。どういうことができるのか。どういった才能があるのか。それを高校三年間で…正確には二年間かな？　三年になるまでには進路は決めてなきゃだめだろうし。つまり、あと二年間で判断しなければならない。たった十七年間の人生で、あ、ぼく、これに向いてる、ここに行こう、と思ったことが本当に正しい保証なんてない。むしろ、まちがってる可能性のほうが高そうだ。

でも、無理にでも決める。そうじゃなきゃ、大学に行けないから。

そうして、ここにしよう、と選んだ大学に合格したら、そこに通うしかない。入学したあとで、あ、これ、全然好きな分野じゃなかった、なんの興味も湧《わ》かない、どうしよう、と気づいても遅い。

十七歳の決定で今後の人生の方向が決まるなんて、おかしくない？

もちろん、大学受験をする人たちがみんなおなじ条件なのはわかっている。それも含めて、理不尽だと思う。

進路のことを考えるたびに、自分が何に向いてるか、いろんな局面からだれかが勝手に判断してくれればいいのに、と他力本願きわまりないことを考えていた。

高校までは、どこに通っていてもあまり大差がない気がする。だけど、大学はちがう。そのあとには就職が待っている。

どの学部を選んだかで、就職先も決まってくる。大学を選んだ時点で、これからの道のりが定まってしまうのだ。

だって、だいたいの人は就職したら、そこがゴールだ。転職したり、希望の職種につくために改めて大学に入り直して勉強する人だっているよ、と反論されるかもしれないが、そうやってみずから動く人と、そのままおなじ会社で一生を終える人、どっちのほうの人数が多いかなんて数えなくたってわかる。

海外なら転職して当たり前、転職できないのはだめな人、みたいなことを言われているけれど、さっき話題になったフランスで起業している叔父さんの話を聞くと、どうやらそうでもないらしい。

転職大国と呼ばれるアメリカでも、企業が求めているのは有能な人材なので、キャリアアップと呼ばれる、給料や待遇がよくなっていく転職を何度もできるのは、ほんの一握り。そのうえ、アメリカはまごうことなく学歴社会。ハーバード卒しか取らない、といった、それ公言していいの？　な会社もあるし、アイビーリーグ以外お断り、も普通にあるし、そもそも、大学が高額すぎてお金持ちしか行けないし、アイビーリーグにいたってはコネも結構重要という話だ。そんな家柄の人たちは、そりゃ、転職だって思いのままだろう。

日本の、転職するやつはだめ、すぐに辞めるやつは使いものにならない、という風潮もどうかと思うけど（この世にはブラック企業が数限りなくあるんだし、そういう会社は辞められるのなら、できるだけ早く辞めたほうがいい、と十五歳の自分でも思う。そのぐらいの社会的関心は持っている)、海外は転職が当たり前、とか言っている人もどうかと思う。どっちもすごく極端な意見だ。

綺士は自分に向いている仕事を見つけたら、ずっと、そこで働いてもいい。別に転職なんてしなくても困らない。それは、家が金持ちだというバックグラウンドがあるからで、これまた特殊な例だというのはわかっている。

転職したかったら、どうにでもなる。だって、俵崎家のコネも、姉小路家のコネも、両方使えるんだから。

これもまた、綺士だからできること。

だったら、適当な大学に入って、適当に就職してみて、いやだったら転職を繰り返せばいいのだけれど(それが、キャリアアップでも何でもないのは十分にわかってる)、それはいやだ。だって、時間の浪費以外のなにものでもない。

時間は有限だ。だから、できるかぎり有効に使いたい。

そして、最初の考えに戻るのだ。

自分がいったい何に向いているのか、だれか教えてくれないかな。

そんな綺士がじいちゃんの質問に対して答えるなら、これしかない。

「知りたいです」

そう、知りたい。教えてほしい。

「そうか」

じいちゃんは満足そうだ。母親のしかめっ面と父親の無表情は見ないことにしておこう。だって、怖いし！

「この高校は普通に授業をするわけではなく、自分の才能を見極めるためにいろんなカリキュラムをこなすんだよ」

ん？　どういうこと？　授業はしないの？　それはそれで困らない？　高校で習うことがごっそり抜けるのはまずい。

「一年生はありとあらゆる方向性から、自分がどういったものに向いているのかを絞っていく。この段階で、実はサッカーの才能がすごい、とか、絵画に秀でている、とか、映画監督に向いている、とか、デザイナーとして大成しそうだ、とか、専門の教育を受けたほうがいい生徒は、きちんとそういった学校を紹介される。もしかしたら、綺士も、水泳で金メダルを取れる、とかかもしれないな」

へー、スポーツとか芸術方面の審査もするんだ。それは、すごくいいよね。どの学部が向いているかだけじゃなくて、ちゃんと、一人一人の将来を考えてくれている。

「一年生の終わりには、自分が何に向いているのかわかるようにはなっている。ただ、向いている、というのと、それが好き、やりたい、というのはまた別だ。世界的なピアニストになれる才能があったとしても、ピアノの練習をしたくないならあきらめるだろう。そして、そういう人が、実際に多いんだ。スポーツが特に顕著《けんちょ》だが、練習がハードなのに選手生命が短くて、そこまで稼げないとなると、よっぽどそのスポーツが好きじゃないと、高校一年という中途半端な年齢で、その競技を極めようとは思わないだろう？」

たしかに。スポーツを一からやるには、この年齢だと遅すぎる。肉体的なピークは二十代だろうから、たった十年ちょっとのために、わざわざつらい練習をするのは割りに合わない。向いているのがマイナースポーツだった場合、いくらその世界では有名になったとしても、生涯獲得賞金は微々たるものだ。だったら、別の仕事を探したほうがいい。

そっか。向いているからといって、それを職業にする人ばかりじゃないんだ。勉強になる。

「一年生はとにかく忙しい。全員が寮に入って、朝から晩までカリキュラム漬けになる。そのぐらいしないと、正確な結果など出ないんだ」

「寮!?」

家を出て、寮に入るの!?

「寮といっても一人部屋だし、部屋も一流ホテルのスイートルーム並みだ。高い金を取るんだから、そのあたりは心配しなくていい。掃除や洗濯はやってもらえるし、食事も三食ついている。それも、決まったものを出されるのではなく、レストラン、もしくは、ルームサービスで何でも頼める。自分では何もできない良家の子息を預かるのだから、それでもやっていける生活環境は整っているよ」

なるほど。だったら、綺士が自分で何かしなくてもいい。

どうしよう。その高校にすっごく興味がある。

「一年生の終わりには、自分の進路が勝手に決まっている。それが自分のいやなものだったら、学校側と話し合って進路変更すればいい。その辺はいくらでも融通《ゆうずう》が利《き》く」

え、ますます魅力的！　あなたにはこれが向いてるんだから、これ以外をやるのなら別のところにいってね、みたいな追い出し方をせず、ちがう提案をしてくれるなんて親切すぎない？　寮に住まなきゃ終わらないほど大量のカリキュラムをこなさせて、それをすごく時間をかけて分析して導いた結論なのにだよ？

いいね！　これこそ、ぼくが望んでいた学校だよ！　本当に行きたくなってきた！

「進路が無事に決まったら、二年で基礎を勉強、三年で実践。卒業するころには、大学に行かなくても第一線で働けるようになっている」

「はい！」

綺士は手を挙げた。

「なんだね」

「そのあと、大学でも勉強したい場合はどうなるんですか？　あと、普通の高校で習うような授業も受けたいです！」

じいちゃんは、ほう、とうなずいた。

「なるほど、どうやら本気で興味があるらしいな」

「あります！」

高校三年間で自分に適した進路を見つける。

それは、一人では絶対に無理。

語学は好きなほうだと思う。だからといって、通訳とか翻訳とかいった、言語そのものが仕事になるような職業はいやだ。語学を習うのは他人とコミュニケーションを取りたいからで、語学を突き詰めたいわけじゃない。

ほかに好きなこと。

絵を見るのは好き。クラシックのコンサートは楽しい。オペラはわくわくする。バレエはうっとりする。

どっちかというと芸術方面が好きだ。だから、パリに行ったら、とにかくいろんな美術館をめぐる。一ヶ月いても回りきれないほどたくさんの美術館があるし、つぎに行ったときはまた飾られている絵が変わっていて、一生かけても全部見られる気がしない。

でも、自分で芸術家になろうとは思わない。

絵はすごく下手《へた》、楽器はまったくできない、歌もうまくない、バレエなんて習おうとも思わない。

これらは見るもので、やるものじゃない。

自分の好きなものを挙げていっても、どれも将来の職業として考えると微妙なものばかりで、エスカレーター式で何も考えずに進学できた高校までとちがって、大学で学びたいものがまったく思い浮かばない。

そんな中、綺士が何に向いているのかを判断してくれる学校がある。

基本的に学ぶのが好きなので、大学ではきちんと勉強したい。そのためにはどの学部にすればいいんだろう、とすでに悩んでいた綺士にしたら、まるで救世主だ。

ただ、その学校に行くと三年後には仕事をしなきゃならないとなると、それはそれで困る。十八歳で社会に出る気はまったくない。

「大学に行きたければ世界中のどの大学にでも推薦で行ける。高校の授業が受けたければ、家庭教師がついて教えてくれる。ただし、それは授業時間外だから、自分の時間はなくなると思え」

へー、そうなんだ。でも、自分の時間がなくなっても、普通の勉強もしたいな。

あ、ぼく、本当に勉強が好きなんだな。というか、自分の知らないものを学びたいんだ。

ふんふん、なるほどなるほど。だったら、いい大学に行こう。偏差値というのは、受験のときだけじゃなくて、入学してからの教育に大いに関わっていると思うから。

「どうする？」

「行きます！」

綺士は元気に答える。

「綺士！」

それまで黙っていた母親が、綺士を振り向いた。

「あなたはじいちゃんを知らないの。親切でこの高校に入れてくれるんじゃないのよ！」

「でも、お母さんたちも、ぼくをこの高校に入れたかったんだよね？」

最初、そんな話をしていたし。

「それは…」

「そのぐらい、いいところなんでしょ？」

「高校としては、たしかにすばらしいと思う」

父親が口を挟んできた。

「お父さんたちでどうにかなるものなら、おまえをここに入れてやりたかった。日本で唯一、その子にあった教育をしてくれるところだからな。ただ…」

「お父さん、ぼく、この高校に行きたい！」

綺士は父親のほうを向く。

「高校入試が終わってから、ぼくがどれだけ大学の選び方を悩んできたか、お父さんなら知ってるよね？」

父親には何回も相談した。海外の大学のよさは何なのか、日本国内だったらどこがいいのか、教育という観点ではなく、ただ楽しいところを選んでもいいのか。

父親は文学が好きで、イギリスとアメリカの大学にそれぞれ通い、戻ってきて日本の大学にも入った。イギリス古典文学（特にシェイクスピア。みんなに広く受け入れられているものは研究する価値がある、というのが父親の持論だ）、アメリカ現代文学（こっちは、よく知らない人ばかりだった）、日本の古典文学が大好きで、博士号を取るとか、だれかに教える立場になるとか、そういうことはまったく考えず、ただ趣味で十年以上、大学に通っていた。なので、相談相手として最適だ。

綺士の疑問に丁寧に答えてくれながら、それでも最後は、綺士がやりたいようにやるのが一番だよ、と笑顔で言ってくれる。

その言葉に支えられた。全部自分で決めるのは怖いし不安だけど、お父さんみたいに三つの大学へ行くのも楽しいよ、と父親が毎回のように言うので、そうか、それもいいかも、と失敗を恐れることが少し減ってきていた。

でも、もし、進路選びに失敗しないですむとしたら、絶対にそっちのほうがいい。時間をむだにしなくてすむ。

自分に向いている道に行ったとしても、どこかでかならず失敗はするのだ。完璧《かんぺき》な人間なんていないのだから。

だったら、失敗する回数は少ないほうがいいに決まっている。

父親が綺士の悩みを聞いて、こっそりと入れてくれようとした高校。

そこに行きたい。自分が何に向いているのか知りたい！

「わかってるよ。だから、この高校にどうにかして入学させてやりたかった」

「わしなら、それができる」

じいちゃんはにやりと笑った。

「子供の希望を叶《かな》えるのも親の役目じゃないかね」

「それはそのとおりだと思います。ですが、親が万能ではないこと、できないことがあるというのを知ることも、教育の一環です。申し出は大変ありがたいですが、跡継ぎも高校も辞退させていただきます」

父親はじいちゃんをまっすぐ見つめながら、そう言う。とても凜々しい顔をしていた。そんな父親がすごくかっこいいし、誇りにも思う。

でも。

ごめんね、お父さん。これは、ぼくの問題なんだ。何をしても入学できない、というのなら、あきらめもついた。

だけど、ちがう。道は開かれている。

「ぼくが跡継ぎになれば、その高校に行けるんですか？」

「綺士！」

両親の声が重なった。悲鳴のような、絶望のような、これまで聞いたことのない声。

じいちゃんと関わってほしくない。

その気持ちが声に出ていた。

でも、ごめんね。ぼくは、この高校に行きたいんだ。

「ああ、そうだよ」

「じゃあ、ぼく、跡継ぎになります！」

正直なことを言えば、のちのち、跡継ぎになる宣言は撤回《てっかい》できるだろう、と甘く考えていた。

そもそも、自分が経営に向いているとは思えない。いまの社長よりもひどい経営者になりそうだ。

その高校に入って、経営者に向いていませんよ、と判断されれば、じいちゃんだってあきらめるだろう、と。

そのぐらいの気楽な気持ちでいた。

母親は天を仰《あお》いで、父親はがっくりとうなだれる。

二人の対照的な姿を見ながら、大丈夫だよ、と心の中でつぶやいていたぐらいだ。

ぼく、跡継ぎになんかならないから。その高校に行きたいがために、引き受けたふりをしてるだけだから。

だから、そんなにがっかりしないで。

ぼくは、ずっとお父さんとお母さんの子供だよ。

二人の子供なのは、たとえ跡継ぎになったとしても変わらないのだと気づいたのは、結構あとになってから。

ぼくってバカなのかな、と思った。

血のつながりが途切れるわけがないのだ。

それでも、いま、綺士の名字は俵崎ではなくなった。ほかのいろんなことが変わった。

あのとき、うなずかなければよかったのかもしれない、と何度も考える。

そのたびに、ううん、そんなことない、やっぱり、うなずいてよかったんだ、という答えにたどり着く。

そのぐらい、いま通っている高校はすばらしい。

でも、でも、でも。

命を狙われるのは、絶対にやりすぎだと思う！

「ちょっと待った」

元木は首をかしげた。

「いまの話のどこで、命を狙われることになったわけ？」

「まだです」

綺士はにこっと笑う。

そう、これは、なぜ自分が跡継ぎを引き受けたか、の話。あと、姉小路家の特殊性とかをわかってもらわないと、どうして命を狙うといった物騒なことが起こるのか、理解できないと思ったのだ。

跡継ぎになれば、姉小路家が営む巨大コングロマリットの社長と、姉小路家当主という地位が手に入る。

それを喉から手が出るほど欲しがっている人がいるのだ。

綺士には、まったく理解できないけれど。

「あー、よかった！　俺が話を理解できないのかと思ったよ。とりあえず、跡継ぎになったから命を狙われてる、ってことだけ頭に入れればいいのかな？」

「そうです、そうです！」

本当は、逆なんだけどね。

跡継ぎを降りたいから、命を狙われている。跡継ぎになっていたら、命を狙われていない。

うん、すごく理不尽。せめて、跡継ぎになろうとしているぼくを阻止するために、命を狙ってほしかったよ。そうしたら、これも跡継ぎになるための試練として耐えられたかもしれないのに。

…いや、無理。命を狙われること、そのものがいやだ。不快だ。最悪。

もうそろそろ、ぼくが完全に跡継ぎから降りたから命を狙うな、って話がじいちゃんからみんな（いったいだれなのか、これもわからないけれど）に通達されると思うんだけどな。そうしたら、日本で一番命を狙われる十八歳の座から降りられる、と期待してるのに。

じいちゃんが、ちゃんと言い聞かせておく、と言ってから、すでに一ヶ月以上たっている。のに、いまだに狙われるっておかしくない？　みんな、ちゃんと、じいちゃんの言ったことを理解してるのかな。それとも、事前に頼んだ殺し屋さんたちが、いまだに張り切ってるだけ？

毎回、車で追いかけてくる人たちに、どういう条件で雇われたのか、雇い主とどういう取り決めをしているのか、を聞いてみたいけど、彼らの前に出た瞬間、自分の命がなくなりそうだから絶対にできない。

八方ふさがりなんだよね…。どうしたらいいんだろう。

「でも、すっげーおもしろいな！　金持ちってまったく縁がないから、こういう話を聞くだけでわくわくするよ」

「そうですか？」

綺士にとっては日常だから、どこがおもしろいのかよくわからない。でも、元木が目をきらきらさせて聞いてくれているので、すごく話しやすい。

本当に興味があるかどうかは、すぐわかる。

「うん。あ、喉かわいた？」

「かわきました！　お水もらってもいいですか？」

コップはすでに空っぽだ。だって、ここのお水、おいしいんだもん。

「コーヒー入れてやるよ」

「え、いいんですか！」

嬉しい！　コーヒー飲みたいと思ってたんだ。

「インスタントだから、綺士の口にはあわないと思うけど、高級なコーヒー豆とかないから我慢しろ」

「あのー、ぼく、別に安いものがきらいなわけじゃないですよ？」

…いや、それは嘘だ。そもそも、安いものを食べたり、身につけたりしたことがない。ただ単に、知らないだけだ。インスタントコーヒーという言葉は小説の中に出てくるから知っているけれど、実際にそれがどういうものなのかはわからない。飲んだことがないからだ。

でも、ここのオムライスは安くておいしかった！　よかった、ひとつ知った！

「おまえの安いと、俺の安いは、絶対にちがう。たとえば、俺の作ったオムライス、どうよ？」

「すっごいおいしかったです！　また来ます！」

また来る、と口にしてみて、あ、これ、本音だ、と自分でも驚いた。もうここには二度と来ないだろうな、と漠然と思っていたのに、そうじゃなかったらしい。

だって、あのオムライスをもう一度味わいたいし、ほかのものも食べてみたい。特に、隣の人が食べていたスタミナ定食！

「お、ありがと。待ってるよ」

元木が目を細めた。そういう表情をすると、少し雰囲気がやわらかくなって、もっとかっこよく見える。

「でも、そうじゃなくて、値段はどうだった？」

「とんでもなく安いです！　七百円じゃ買えない文庫本もあるのに！」

そう、文庫本は安くて手軽なものじゃなくなった。家にあるたくさんの文庫本の値段を見ると、ここ何年かで急速に値段があがったのがわかる。それは出版不況で部数が出ないからだ、と父親が言っていた。マンガのほうが安いのは、刷る桁《けた》が最初からちがうせいだ、とも。

なるほど、と思った。だったら、ぼくのように本を読むのが好きな人が買わなければ、という使命に燃えて、結構な冊数を買っている。

「文庫本よりも安いのか？」

元木が驚いたように綺士を見た。

「っていうか、文庫本って、いま、そんなに高いんだ？　俺が子供のころは五百円ぐらいだったのに」

「千円以上の文庫本もありますよ」

翻訳ものの分厚い文庫とか余裕で千円を超えてくる。上下二巻セットで買うと二千円以上するのだ。

綺士が自分のおこづかいで買うのは文庫本だけなので（洋服やほかの必要なものはデパートの外商に頼んでいる。自分から出向くことはない）、それが経済の基準になっている。何百冊単位で買っても、おこづかいがなくなったりはしないのだけれど、高い安いといった感覚を持てるようになったのは文庫本のおかげだ。

それまでは物の値段など気にしたこともなかった。

まあ、いまも本気で気にしているか、といったら、そうでもないけど。少なくとも、文庫本よりも高い、安い、という判断はできる。

「千円！」

元木が大きくのけぞった。おおげさなんだけど、元木がやるとかっこよく見えるのはどうしてなんだろう。

「うちは絶対に千円を超えないようにしてるのに、文庫に先を越されるとは…」

妙な悔しがり方をしているのが、なんだかおかしい。

「まあ、そう考えると、七百円って安いな」

「安いです」

老舗の洋食屋さんで食べたオムライスよりもおいしかったし。あのオムライス、いくらしたっけ？　全然覚えてない。そもそも、値段なんて気にしていない。でも、七百円より高かったことはたしかだ。親が連れていってくれるお店で三桁の値段なんて見たら、びっくりして二度見しただろう。

「まあ、いいや。安いとか高いとか、そういうことは環境によって変わるんだぞ、って説教しようと思ったけど、よく考えたら、まだ社会にも出てないお金持ちのおぼっちゃまに経済観念がなくたって当たり前だったわ。すぐに説教しようとするの、俺の悪い癖なんだよ。なんだろうな。世の中が不公平なことはわかっててても認めたくないのかもしんねえ」

「えーっと、よくわからないですが、説教しないでいてくれてありがとうございます」

だって、おいしいものを食べたあとで怒られたくはない。

「あ、コーヒー入れてやるんだった。ちょっと待ってろ。すぐできる」

「ありがとうございます！」

よかった。コーヒーは忘れられたのかと思ってた。

「はいよ」

綺士の目の前にマグカップが置かれた。

「何も入ってないですよ？」

「そこに、この粉末を入れます」

元木は大きな瓶《びん》を綺士に見せた。中には茶色い粉末が入っている。

その中身をマグカップに注いだら、コーヒーの匂いがした。

「これ、コーヒーなんですか？」

「そう。お湯を注いだら、コーヒーになる」

「すごいですね！」

こんなの、初めて見た！

父親がコーヒーが好きで、豆にはすごくこだわっている。父親自身が入れることはないけれど、豆を挽《ひ》いて、粉にして、丁寧に丁寧に抽出《ちゅうしゅつ》していくんだよ、とコーヒーの入れ方は教えてくれた。

なのに、お湯を注ぐだけでできるの？　それがインスタントコーヒー？

すごい！

「はい、お湯入れるよ」

そこに、お湯を注がれた。あっという間にその粉末が溶けて、そこから香るのは、たしかにコーヒーだ！

「召し上がれ」

「いただきます」

綺士はマグカップを持って、一口すすった。

「…ん？」

味が薄い。っていうか、ほとんど味がしない。コーヒーの匂いはするけれど、苦みやらえぐみやら、コーヒー独特の味がまったくない。

「どうだ。おいしくないだろ」

「はい」

「おまえ、正直だな！　気に入った！」

バンバンと肩を叩《たた》かれた。結構、痛いけど、親愛の情がこもっているのはよくわかる。

「これ、開けてしばらくたつから、風味とか抜けてんの。俺、普段、コーヒー飲まないし」

「紅茶派ですか？」

「いや、お茶派。お茶が一番落ち着く。あとは、仕事終わってビールだな！」

ビールって言ったときに、元木の声が弾《はず》んだ。本当にビールが好きなんだろう。綺士は飲んだことがないのでわからないけれど。

「ま、うまくなかったら残してくれ。俺、料理はうまいけど、コーヒーとか入れられないんだ。入れるならちゃんとしたいし、そうすると、豆からになっちゃうし、豆を挽いて、とかやってる時間ないし、もしやったとしたら、ここはもう喫茶店だからな。だから、水だけ。水はうまいのを仕入れて、それを出せばいいだけだから、まだ気楽だよ」

「あ、お水、本当においしかったです！」

なるほど。ちゃんとしたお水を仕入れてるんだ。どうりで、すごくおいしいと思った。

「はい。飲んだときに、あ、おいしい、って。お水までおいしいんだ、って感動しました」

「綺士、俺は本気でおまえが気に入った！　ただの金持ちのぼっちゃんかと思ってたら、なんか、苦労してそうだしな。あと、礼儀もちゃんとしてる。嘘もつかないで正直だ。おまえはいい子だよ」

バンバン、とまた叩かれた。今度は背中。

「ありがとうございます」

ほめられることなんて慣れてるはずなのに（なんたって、両親はちょっとのことでもすぐほめてくれるし、フランス在住の叔父さんなんて、遊びに行ってる間中、綺士のことをほめてくれる）、今日、初めて会った元木にほめられると、くすぐったいような感じになる。でも、それは、嬉しくて、だ。

「おまえみたいないい子、社長とか当主とか向いてないと思うけどな。なんで跡継ぎになっちゃったんだ？」

「なってないんです」

そう、なってない。

「え？　跡継ぎになったから、いまの高校に通えてるんじゃないのか？　俺が存在も知らない、能力を開発してくれるところ。そういう学校があんだなー。金持ちって、本当にすげえな。俺も能力の測定だけしてほしい」

「測定するまでもありません。料理人です」

だって、こんなにおいしいものを作れるんだし。これは立派な才能だ。

「まあ、そうだろうけど。俺も、この仕事好きだしさ。でも、世界を股《また》にかける映画俳優になれます、とか言われたら、そっちに安易に乗り換えるぞ」

綺士は、じーっと元木を見た。

「はいはい、わかってる。俺はかっこよくもないし、華もないって言いたいんだろ？」

「え、かっこいいし、華もあると思いますよ。ただ、元木さん、スクリーンを通じてだれかを幸せにするより、料理を作って直接だれかを幸せにするほうがお好きなんじゃないかな、と思っただけです」

「よし、夕飯も食ってけ。そこまでほめられたら、おごってやらないとな」

「あ、だめです！　夕食は家で食べることになってるんで。でも、また近々来ますね。いま、何時…もう四時過ぎてる！　すみません、電話貸してください！」

さすがにこの時間まで帰らないと、親も心配するだろう。

「ほい」

元木はカウンターに置いといたコードレス電話を渡してくれた。綺士は覚えている番号を押す。すぐに相手が出た。

「迎えにきてください」

ご無事でしたか！　というほっとしたような声に、そうか、運転手にも心配かけていたんだ、と思い当たった。もっと早く電話すればよかった。

「すみません、ここの住所を…」

元木がすっとお店の住所が書かれたカードを渡してくれる。その住所を読みあげた。近くにいるので五分ぐらいで行ける、とのこと。

「ありがとうございました。電話代、お支払いします」

電話代っていくらなんだろう。昔の公衆電話は十円だったというから、十円でいいんだろうか。

「いい、いい。ただ、また来てくれ。話のつづきも気になってるしな」

「あ、ぼく、どこまで話しました？」

「高校入学と引き換えに跡継ぎを引き受けて、命を狙われるところまで」

跡継ぎを引き受ける、と、命を狙われる、の間には、また別の理由が入るんだけど、それは五分で話せるようなものじゃない。

「じゃあ、来週のこのぐらいの時間にまた来ます」

「了解。楽しみに待ってる。あと、うちの一番のおすすめは豚のしょうが焼き定食だ」

「しょうが焼きって、しょうがを焼くんですか？」

ちょうど疑問に思ってたので、聞いてみよう。

元木は目をぱちくりさせて、それから盛大に噴き出した。

「しょうが焼きを知らないやつがこの世にいるとは！　おまえ、普段、なに食べてんの？」

「学校ではレストランかルームサービスで好きなものを。家ではコックが作ってくれるおいしいものを。でも、普通ですよ？」

普通にどっちもコース料理だ。

「しょうが焼きを知らないんだから、絶対に普通じゃない」

元木はまだ笑っている。

「しょうがを焼くんですか？」

さっき聞いたのに、答えてもらってない。

「来週、自分でたしかめればいいよ」

どうやら、来週のメニューは決まった。しょうが焼きがどんなものか、すごく気になるけど調べないでおこう。

すごく楽しみ。

そうします、と答えようとしたところで、お店の電話が鳴った。

「お迎えじゃね？　携帯の番号だぞ」

「たぶん、そうですね。ありがとうございました。お世話になりました」

綺士は椅子から立ち上がって、深々と頭を下げた。

「来週もお世話になります」

「おう。楽しみに待ってる」

元木が、ひらひらと手を振る。

綺士は外に出た。運転手がほっとしたような表情を浮かべる。

「迎えに来てくれてありがとう。家までお願いします」

さあ、家に帰って、元気に両親と話そう！

あ、電話代を置いてくるのを忘れた、と気づいたのは、家に着いたあとだった。

まあ、いいか。

どうせ、来週も会える。

3

あれから一週間がたった。奇跡的なことに、日曜日、家から学校に戻るときも、そして、なぜか今日も無事だった。おかしな車につけられることもなく、体当たりだか車当たりだかをされることもなく、車から飛び降りずにすんだ。

なんてラッキー。

どうやって綺士の車を見つけているのかがわからないから、これまで予防のしようがなかった。きっと、今後も予防はできない。なので、何もされなかったことは奇跡に近いと思ってしまう。

綺士が車に乗って出てくるのを待つのは無理だ。学校と家の周囲はかなり監視が厳しく、おかしな車が止まっていたらすぐに通報される。それでも、いつも突然、やつらは現れる。車も毎回替えているのに（費用はじいちゃん持ちだから、どうやっているのかは知らない）、なぜ見つかるのか、本当に不思議でしかたがない。

そのぐらい有能な（と認めるのも悔しいけど）追跡能力を持っているやつらが、先週の帰りから二回連続で現れていない。運転手が相手のパターンを把握して、うまくまいているのか、向こうがあきらめたのか、いったい、どっちだろう。

あきらめたのだとしたら、じいちゃんがようやく全員に通達してくれたのかもしれない。それをたしかめたいところだけど、実は、一番危険なのがじいちゃん家《ち》だ。

まず、来客が多い。一応、アポイントを取らないとだめ、ということになってはいるけれど、急用なんです、と飛び込んでくる人が後を絶たない。じいちゃんは、恩を売ったら返してもらうし、恩を受けたら絶対に返す人だ。昔風の義理人情に厚いというのだろうか。なので、頼ってこられたら、よっぽどのことがないかぎり断らない。そういった性格のおかげで味方もたくさんいるし、恩を売った人が何かを返してくれて、結果、会社も大きくなったんだと思うけれど、じいちゃん家には、とにかく知らない人がたくさんいる。

その中のだれかが殺し屋だったとしても、綺士には判別がつかない。

だから、安全を確保できるまで、じいちゃん家には近づかないようにしていた。もう大丈夫になったんですか？　とたしかめに行って、むざむざそこで殺されたら、悔やんでも悔やみきれない。

ぼく、死んでるけどね！

だったら、ああ、よかった、今日はだれにも狙われなかった、と喜んでおこう。

…それを喜ぶなんて、なんか悲しい。普通の人は、それが当たり前なのに。

あー、もう、いやなことを考えるのはやめよう。だって、これから、おいしいものが食べられるんだし！

そう、いま、綺士は『元木食堂』の前にいるのだ。運転手にはいったん帰ってもらって、また連絡をすることにしている。今日はちゃんとスマホも取ってきた。

あー、おなか空いた！

「こんにちは！」

綺士は『元木食堂』の扉を開けた。

「いらっしゃいませ！」

この間よりちょっと遅い時間にやってきたというのに、まだ店内はいっぱいだった。二人ほど待っている人もいる。

「満席ですが、お待ちになりますか？」

「はい」

綺士はおとなしく待ち席に座った。待つのはまったく苦にならない。スマホにいろいろ入れてあるので、それを見ていればいい。学校で習ったことの復習とか、それから派生した調べ物とか、やることはたくさんある。

あ、本を持ってきてもよかったな。でも、待たずにすんだ場合は読めないから、スマホを忘れないようにすればいいか。

とりあえず復習をしよう、と今週の授業内容をまとめたものを読んでいたら、お待たせしました、と店員さんが綺士の目の前に立った。

え、もう、ぼくの番？

ふと横を見ると、もうだれもいない。このお店、すごく回転がいいんだなあ。

「テーブルとカウンター、どちらがよろしいですか？」

もちろん、カウンター。だって、元木が調理しているところを見られる。

「カウンターにします」

「空いているお好きな席にどうぞ」

え、好きな席を選べるの？　とカウンターを見たら、カウンターだけじゃなくテーブル席も半分ぐらいが空いていた。どどっと一気にお客さんが帰ったようだ。帰るときには綺士の前を通ったはずなのに、まったく気づかなかった。

何かに没頭すると周りが見えなくなる。もしかしたら、店員さんも何回か綺士に声をかけたのかもしれない。それでも反応しないから、わざわざ来てくれたのかも。

だとしたら、申し訳ないことをしたな。

「しょうが焼き定食をお願いします」

お水を持ってきてくれた店員さんに、そう頼んだ。先週からメニューは決まっていたので、悩まなくていい。

お水を一口飲んで、キッチンに目を移す。元木が真剣な顔でフライパンを振っている。そう、こんな横顔だった。タオルを鉢巻状にして巻いた姿も、やっぱり凛々しい。

いくつかの料理を出したあと、元木がふっと綺士のほうを見た。綺士はにこっと笑う。小さく手を振ろうかと思ったけど、それはやりすぎだと思ってやめた。元木は目を細めて、軽くうなずく。

タマネギを切って、豚肉を冷蔵庫から取り出した。豚肉に白いものをまぶしている。あれはなんだろう。

フライパンに豚肉を入れた。じゅわー、といい音がする。このあとは、フライパンの中身が見えないので、どうなっているかがわからない。のぞき込めたら楽しいのにな、と思う。

タマネギを入れて、そのあと、液体を入れた。じゅわじゅわー、とまたいい音がする。この、何かが焼ける音って好きだな。鉄板焼きがおいしいのは、もちろん、腕もあるだろうけど、あの焼ける音と匂いがセットになっているからにちがいない。

元木がフライパンの中身をお皿にあけた。それを、ちょうどのタイミングで用意された定食セットのお盆に載せる。

スーシェフの人、すごいね！　本当にぴったりだよ！

「お待たせしました」

今日も元木が持ってきてくれた。綺士はお盆を受け取って、自分の前に置く。

「わー！」

感嘆の声が漏《も》れた。お皿の上には山盛りのキャベツの千切りと、つやつやぴかぴかしている豚肉とタマネギの炒め物。これがしょうが焼きなのか。たしかに、しょうがのいい匂いがする。

「いただきます」

手を合わせて、頭を下げた。割り箸を割って、まずはしょうが焼きから。

「んんんんんーっ！」

どんどんどん、と足を踏み鳴らしたいのをどうにかこらえる。

何これー！　甘辛のタレが薄い豚肉にぴったり！　値段からして、決して高い豚肉を使ってないはずなのに、ものすごくお肉がジューシーだ。口の中に広がるしょうがの香りも、いいアクセントになっている。

なるほど、これがしょうが焼き！　しょうがを焼くんじゃなくて、しょうがを使ったタレで豚肉を焼くのか。

ごはんが欲しい！　という強い欲求が湧いてくる。その気持ちに素直に従って、綺士は白米を口に運んだ。

何これ！　ごはん、すっごいおいしい！

我慢できなくて、もう一口、食べてしまう。和食のお店で、ただいま炊き上げました、と小さなお釜に入ったまま持ってきてくれるごはんよりもおいしいんだけど！

お味噌汁のおいしさはわかってる。だから、大丈夫。これで心を落ち着けよう。

お味噌汁を飲むと、ほっとした。具は豆腐でこないだとおなじだけど、この豆腐もおいしい。

おてもと

千円未満で食べられるものが、これまでの中で一番おいしいなんて、そんなことあってもいいの？

小鉢には大根の煮物。きっと、これもおいしいんだろうな、と箸を伸ばして、うん、やっぱり、すごくおいしい。

大金を出さなくても、だれかに紹介してもらわなきゃ入れなかったり、何ヶ月も予約が取れなかったりしないお店でも、こんなにおいしいものが食べられるんだ。

そのことに、綺士は心から感動する。

いいなあ。近くに住んでる人は、毎日のようにここに来られて。このお店を最初に教えてくれた上品なおばあさまも、あんなところは行きませんわ、おほほ、みたいな雰囲気を出してないで来ればいいのに。今度、もし会うことがあったら教えてあげよう。すっごくおいしいんですよ、って。

しょうが焼きにまた戻って、今度はちょっと多めに取った。口いっぱいに頬張るとか、行儀が悪いからしたことがないけど、このしょうが焼きにはその食べ方が似合う気がする。

あむっ。

おいしいいいいいい！　タマネギのシャクシャク感が残っているのもいい。しょうが焼きって、本当においしいんだな。生まれて十八年、こんなものを知らずに生きてきたなんて。人生、絶対に損をしてる！

またもや、あっという間に食べ終わった。つぎからつぎへと食べたくなって、箸を置くタイミングもないのだ。

はー、おいしかった。

最後に水を、ごくごく、と喉を鳴らしながら飲む。このお水がやっぱりおいしい。

「ごちそうさまでした」

綺士は小さくつぶやいた。

「おそまつさまでした」

隣から、そんな声がする。

「わっ……！」

綺士は驚いて飛び上がりそうになった。横を見ると、いつの間にか、元木が座っている。

「うまかった？」

元木がにこにこしながら聞いてきた。

「すっごくすっごくおいしかったです！　しょうが焼きって、しょうがを焼いたんじゃないんですね！」

「うん。しょうが焼いても、ごはんのおかずになんねえからな。しょうがで味つけした豚肉を焼くから、しょうが焼き」

「なるほど。ひとつ勉強になりました」

メインは豚肉なのに、しょうがを名前につけるのがすごい。たしかに、そのぐらい、しょうがいい役割を果たしているけれど。

「食後にコーヒー飲むか？」

元木はにやにやしている。

「いいえ、結構です。お水ください」

あのコーヒーの味で、せっかくのしょうが焼きを消したくない。

「はいよ」

透明な水差しから、元木がコップに水を注いでくれた。それを、一口飲む。

「ちゃんと約束守ったんだな」

「え、何がですか？」

綺士はきょとんと元木を見た。

「来週、また来ます、って言っただろ？　でも、俺は、たぶん、来ないだろうな、って思ってた」

「どうしてですか？」

ますます、きょとんとしてしまう。

おいしいお店に再び行くのなんて、当たり前なのに。

「あのときは綺士の話がおもしろくて引き込まれたけど、よく考えたら、命が狙われるっておおかしいよな、と思って」

「ん？」

綺士は首をかしげる。

「それは、ぼくが嘘をついてるってことですか？」

「えーっと、おまえ、敬語じゃなきゃ話せない？」

「目上の方には敬語です」

敬語というか丁寧語かな？

「俺、敬語使われるの好きじゃないんだよ。こそばゆいっていうか、尊敬されるような人間でもねえし。普通にしゃべってくんね？」

「普通ですか…？」

それは、ちょっとむずかしい。会って二回目の人と普通にしゃべるって、同い年でもハードルが高い。

「その、ですか、を取ってみ？」

「普通…？」

「うん、そんな感じ、そんな感じ」

「無理です」

ここは、きっぱり断っておこう。

「です、を取って?」

え、これをずっとやられるの? だったら、普通にしゃべったほうが楽かも。

「あの…がんばってみますから…」

「はい、だめー」

即座にダメだしされた。

「えっと…がんばるから…たまに敬語になるのは…許してほしい…な…」

いちいち考えなきゃならなくて、これもまた大変だ。だからといって、めんどくさいから元木としゃべるのはやめよう、とならないのはどうしてだろう。自分でも不思議だ。

「うん、それでいい。で、話は戻って」

いったい、なんの話をしてたんだっけ?

「命を狙われるやつが、あんなにのんきにしてないと思うんだよな。入り口が開くたびに、びくっ、ってしたり、だれかが後ろを通らないような席に座ったりするんじゃないかと思ってさ。あと、食欲もあっただろ? 俺、命が狙われてたら、オムライスおいしい! とか無邪気に言えないよ」

なるほど。元木の指摘ももっともだ。思い出してみたら、命を狙われてるんです、って話なのに、元木は、おもしれー、ぐらいの反応しかしてなかった。信じていたら、もうちょっと心配するだろう。

綺士だって、だれかにそんな打ち明け話をされても、うっそだー、と思う。自分がその立場になるまで、この平和な日本で複数の人から命を狙われることがあるなんて想像もできない。

世の中って、そんなもんだよね。

「じゃあ、ぼくがどうして命を狙われるようになったのか聞きますか？」

「敬語じゃなきゃ、聞いてやる」

「わかった！　わかったから、聞いて！」

親にも言えない。クラスメイトなんてほぼ顔を合わせないし、たとえ顔を合わせたとしてもあいさつだけでおしまいにする。弱みなんて、絶対に見せたくない。あの学校に入れるような家柄の子は、ちょっとした情報でも有効活用しようとする猛者《もさ》ばかりだ。殺されそうになってる、なんて相談したら、殺し屋に情報を売るかもしれない。それぐらい信用できない。じいちゃんにはすでに相談ずみだけど、いまだに解決できていない。というか、じいちゃんがすべての元凶《げんきょう》だ。

すごいよね。本当に八方塞《はっぽうふさ》がり。

元木に打ち明けたところで何かしてくれるわけでもないだろうけど、話を聞いてくれるだけでも心が軽くなる気がする。

そこまで元木に頼ってしまうのは、なぜなんだろう。

元木の雰囲気が、全部を包み込んでくれそうだから？　お兄ちゃんっぽい、とでも表現すればいいのだろうか。兄弟がいないから、実際のお兄ちゃんがそこまで頼りになるのかはわからないけれど。

「いいよ。聞くよ。説明しろ」

綺士は水を飲んだ。

話は長くなる。喉を潤《うるお》しておかなければ。


一年間を能力判定カリキュラムに費やした。いろんなことをやって、それを学校側が時間をかけて分析した結果、意外でもなんでもないことに、綺士は経営者にまったく向いていなかった。どうやら、生まれつき競争心が欠如《けつじょ》しているらしい。

どうりで、他人のことをうらやましいと思ったことがないし、勝ち負けを競うもの全般が苦手なはずだ。特にスポーツなんて、真面目にやる気が起きない。運動神経が悪いわけでもないのにどうしてだろう、と自分でも不思議だった。まさか、勝つことになんの興味もないからだなんて。

向いているのも、これまた意外でもなんでもないことに美術関係。ただし、描くほうではなく、作者や絵そのものについて学ぶ方面だ。それはそうだろう。いまだにまともな絵ひとつ描けないのだから。

一年間かけて結論が出た。そして幸いなことに、自分が学びたいものが、もっとも自分に適していた。

大学は美術関係へ進めばいい。四年間、大好きなことをたくさん勉強できるのかと思うと、わくわくする。

近くに美術館がたくさんある場所で学ぶほうがいいのはわかっている。叔父さんがいるパリはもちろんのこと、ロンドンやニューヨークなど、芸術を学ぶのにふさわしい環境と、高度な学問を教えてくれる大学がそろっているところに留学すればいい。

でも、その前に、日本の美術史も学んでおきたい。高校の残りの二年間で美術関係の授業をしてもらえるとはいえ、それで、どのくらいの知識がつくのかはよくわからない。

そもそも、綺士は絵を見るのは大好きだけど、何派とか、何年ごろにどういうのが流行った、とか、そういう勉強はしてこなかった。画家の名前も何人知っているだろう。有名どころしかわからないような気がする。

美術館に行って、お気に入りの絵を見つけて、ああ、いいなあ、と好きなだけぼんやり見ているのが至福の時間だった。絵の横についている簡単な説明文すら、たまにしか読まない。

絵は学ぶものじゃなくて鑑賞するものだと思っていたし、いまも、実はそう思っている。とはいえ、いったん学ぶとなったら、それはそれでおもしろそうだ。

美術を学ぶと、どういう職業に就けるのか、と聞いたら、日本だと学芸員か美術の先生、海外だとキュレーター、自分で何かやるなら、美術品の買い付けや画廊経営、もっと専門的な知識を得た場合は贋作《がんさく》の鑑定などと言われた。

…正直、どれも魅《ひ》かれない。

もしかしたら、父親のようにいろんな大学に行って、美術をたくさん学んで、それで満足して終わるのかもしれない。なりたいものがなければ、それでもいい。

でも、できれば、せっかく学んだ知識を職業として活かしたい。

何になるのかはのちのち考えるとして、とりあえず、日本の大学へ進学することに決めた。英語やフランス語がペラペラとはいっても、やはり、日本語が一番理解しやすい。美術史などの細かい説明を、かんちがいして覚えても困る。

高校で二年間、大学で四年間、基礎をきっちりと学んでから海外に行こう。その間に、英語やフランス語、できればスペイン語でも美術に関する専門用語を覚えておかなければ。言葉ができれば、留学できる範囲が広がる。やりたいことが決まっているのに、言語の問題でできない、というのは残念すぎる。

なので、美術史を学ぶかたわら、言葉の勉強も並行してやることにした。普通の高校の授業も補習してもらっているので、結構、忙しい。夏休みや春休みといった長期のお休みにはいろんな国を訪問して、美術館を見て回りたい。

知識は力だ。学べば学ぶほど、あ、ここだ、という場所が見つかるにちがいない。

二年生の間は、びっしり勉強をさせられた。綺士が予想していた以上に美術史については知らなくて、覚えることがありすぎた。

絵を見たら、あ、これ知ってる！　と思うのに、作者、年代、何派とかになるとまったくわからない。好ききらいだけで絵を見てきたから、あー、これ、きらいだな、と避けてたものも勉強させられる。

それが苦痛かというと、そうでもない。

絵を見て、わー、すごい！　と思うだけでも十分に楽しかったけど、たくさんの知識を得てから見てみると、絵をまたちがった角度で見ることができる。それもそれで、すごく楽しい。

さすが、美術を学ぶことが向いている、と診断されただけある。

三年生になって、実習で美術館巡りをするようになり、もっともっと授業が楽しくなった。

それも、たくさんの人に混じって（どうして、日本の美術館ってあんなに混んでいるんだろう。そして、混んでいるのに、どうして常設の大きな美術館というのはないんだろう。本当に不思議だ）、流れ作業で絵を見るわけじゃなく、休館日に美術館を貸し切って授業をする。そんな贅沢《ぜいたく》も、この高校だからできること。

美術の知識がついて、教えてもらうこともどんどん細かく深くなってくる。

とにかく、毎日が楽しくてしょうがない。

ただ、ひとつだけ、困ったことがある。

じいちゃんの存在だ。

カリキュラムが終わって最終結果を聞きにいくとき、普段は屋敷からめったに出ないじいちゃんが、わざわざ高校までやってきた。名前を呼ばれて部屋の中に入ったときに、すでにじいちゃんが座っていたときには、ひっ、と悲鳴が出そうになったのを覚えている。

やあ、とじいちゃんは軽く手を挙げた。にこっと笑顔も浮かべた。

その表情は希望に満ちていて、綺士はげんなりしたものだ。じいちゃんが、どれだけ綺士を跡継ぎにしたいかがわかって。

でも、結果は見事にじいちゃんの期待を裏切った。姉小路くんは経営にはまったく向いてません、と言われたときに、綺士は心底ほっとした。十六年間生きてきて、一番嬉しかった瞬間かもしれない。

じいちゃんは冷静だった。それが、すごく意外だったことを覚えている。

どうにかならんか。

淡々と、そう問いかけた。

競争心というのは生まれ持っての資質なので、あとからどうにかなるものではありません。このタイプの人は、たとえ、どんなに優秀だろうと会社を潰します。

きっぱり言い切った先生（だと思う。そのとき以外、会ってないから、もしかしたら分析チームの人かもしれない）には、これから一生感謝しつづけよう。

そうか、とじいちゃんはうなずいた。

あきらめてくれたのかな、と綺士はじいちゃんの顔色をうかがう。じいちゃんはしばらくじっと動かずにいてから、綺士をよろしく頼みます、と頭を下げて、綺士を見もせずに出ていった。

跡継ぎになれないなら高校をやめてもらう、と言われることを覚悟していた綺士は拍子抜けした。ここでやめさせられても、向いているものさえわかれば、あとは自分でどうにかできるからいいか、と思っていたのに。

じいちゃんが帰られたので、姉小路くんに伝えますね。

先生までが、じいちゃん、と呼ぶ。それに笑いだしそうになりながらも、カリキュラムの診断結果を一時間ぐらいかけて一人で聞いた。

そして、いまも高校にいられて、美術の勉強を思い切りできている。本当にそれはありがたい。

ただし、じいちゃんはあきらめなかった。綺士の潜在能力テストの結果は、よっぽどすごかったんだろうな、とひとごとのように思う。

いくらテストの結果がよくても、経営者には向いてないし、綺士だってなりたくない。むしろ、姉小路家とはさっさと縁を切りたい。

この高校にはいたいけど、解放してやる、と言ってくれるなら、泣く泣くあきらめる。それぐらい、姉小路という名前が重荷だ。

そもそも、綺士の名字が姉小路なのも、高校に行く条件として、じいちゃんが勝手に綺士を養子にしたからだ。そういうことが簡単にできるのか、とものすごく驚いたし、じいちゃんの権力が恐ろしくもあった。

わしが入れたんだから、姉小路を名乗ってもらう。俵崎では行かせられない。

そのじいちゃんの条件をのんだのは、ただ名乗ればいいと考えていたから。まさか、戸籍まで移されるとは想像してもいなかった。

当然、両親は激怒した。そもそも、綺士がじいちゃんの申し出を受け入れたことが気に入らないのはわかっている。

でも、しょうがない。綺士の人生は綺士のものだ。いくら愛していても、親が代わりに歩んでくれるわけでもないし、向いているものを教えてくれるわけでもない。

じいちゃんに染まっていく。

母親はそう言って、泣いていた。でも、染まるつもりはなかった。そう説明しても、母親は信じてくれなかったけれど。

高校に入学してから一ヶ月ぐらいは、親との関係もぎくしゃくしていた。だけど、そのうち、普通に戻っていった。一年生のときはとにかく忙しかったので、毎週末、家に帰るわけでもない。一ヶ月に一回ぐらいがせいぜいだ。夏休みは、普通の高校の授業を教わる補習に費やして、お盆の辺り、一週間ぐらい帰っただけだった。冬休みも大晦日《おおみそか》に戻って、三が日が明けたら学校に戻る。

そのぐらい、カリキュラムと勉強ばかりしていた。

綺士は本当にがんばっているのね、と母親が態度を軟化させたのも、家でも勉強ばかりしていたからだろう。

半年が過ぎるころには、どんな結果になっても応援するわ、と母親が言ってくれて、本当にほっとしたものだ。父親は、母さんには内緒だけど、自分の好きなようにやるといいよ、と最初から味方でいてくれたのも嬉しかった。

そして、綺士が経営者に向いてなかった、と伝えたときに、母親は大きく飛び跳ねた。ぴょん、ぴょん、ぴょん、と何度も跳んで、じいちゃん、ざまあみなさい！　と大きく叫んだ。姉小路でいるのもあと二年よ！　そうしたら、綺士は俵崎に返してもらいますからね！　と、じいちゃんがまるでそこにいるかのように叫んだ。

じいちゃんが本当にそこにいたら、そんなこと言えないのはわかっている。いや、母親なら言えるかも。叔父さんなんだし。

二年生からは寮を出て家から通ってもいいことになっていたけれど、綺士は普通の高校でやることもきちんと履修したい、と補習をたくさん入れていたので、寮にとどまることにした。というか、ほとんどの生徒がそのまま寮に残っている。毎日車で家から通うよりは、すぐに学校に行ける寮のほうが楽だ。二十四時間、専用のコンシェルジュもついているし、なんら不便はない。

平日は寮にいて、週末は家に帰る。

だいたい、みんな、そうしていた。一年生のときほどは忙しくはないので、二年生になると月の半分の週末は家に帰れるようになった。

そのことに、すごくほっとした。

住み慣れた家に帰って、両親とたくさん話をする。学校であったことを報告したり、くだらない話をして笑い合ったり。親と話すことがストレス解消になっていた。

二年生は穏やかに過ぎていった。変化が起こったのは、三年生になってからだ。

じいちゃんは、一年間、綺士の様子をうかがっていたのだろう。まだ、経営者になる目がある、と踏んでいたのかもしれない。

じいちゃんはまったくあきらめていなかったのだ。

たぶん、先生方にもっと詳しく話を聞いたり、カリキュラムの結果を自分で取り寄せたりしたのかもしれない。

一年かけて、ようやくあきらめた。

あきらめたから、つぎを探した。

それは全然かまわない。というか、もっとさっさと探してほしかったぐらいだ。

ただし、探し方に関しては文句がたくさんある。むしろ、文句しかない。

じいちゃんは、綺士とおなじぐらいの年齢の子供がいる親たちへ、こう通達したのだ。

姉小路家の跡継ぎになりたければ、自分の力で綺士から奪ってみろ。期限は綺士が高校を卒業するまで。わしが納得するような方法のみ認める。

そして、綺士には直接、じいちゃんからのお招きがあった。じいちゃんに会うのは、一緒にカリキュラムの結果を聞いたとき以来、一年ぶり。年に二回は出ていた姉小路家への集まりにも、忙しいせいで、一切、顔を出していない。

だけど、さすがに、じいちゃん直々《じきじき》の招待を断るわけにはいかなかった。両親と三人で、じいちゃんに会いに行く。

「おまえは今日からまったく安全じゃないと思え」

口を開くなり、じいちゃんは笑顔でそう告げた。

え？　と思った。

いったい、どういうこと？

「おまえを跡継ぎにするのはあきらめた。成績で決めるなんて、経営者を選ぶ方法としてはだめだな。何をしてでもいいから跡継ぎの座を奪い取ってやる、ぐらいの根性があるやつじゃないと、会社はまかせられない」

それ、もうちょっと早く気づいてよ！　あ、でも、気づいてたら、あの高校に行けなかったのか。それも困るな。

「だから、奪ってみろ、とおまえの同年代のやつらに指令を出した。綺士を亡き者にしろ、とは言っていない。だが、それが一番簡単だから、みんな、その方法を選択するだろう。というわけで、明日から、おまえは命を狙われる」

はあああああ？　何それー！

命を狙われる、の意味がまったくわからないんだけど！

喜んでだれかに譲るよ！　それでよくない？　なんで、わざわざ物騒な方向に持ってくのか理解できない。

「じいちゃん、いいかげんにしてください」

母親が真顔でそう言った。母親は怒っているときよりも真顔のほうが怖いことを、綺士は知っている。

「勝手に綺士を跡継ぎにして、見込みちがいだったから殺そうとするんですか？　だったら、今日、これからすぐに、わたしたちは海外に逃げます」

「いいだろう」

じいちゃんはにこにこしながらうなずく。

「だが、海外のほうが危険だぞ。見つかったらおしまいだ」

「日本だって、見つかったらおしまいです」

母親が冷静に返した。

そうだ、そうだー！　いま、自分で危険だって言ったよー！

「いや、そうでもない。海外は銃が使えるし、安値で殺してくれるやつらがわんさかいる。さすがに、わしの力も海外にまではおよばないから、うっかり流れ弾が当たって死ぬ、なんてことになっても、どうにもならん」

ぞわぞわぞわ。

やだ！　海外に行かない！　そうだよ、銃とか暗殺とかマフィアとか、海外のほうが危ないよ！　お母さん、考え直して！

「日本では、そんなことにならないと保証できるんですか？」

そうそう、もっとつっこんで！　っていうか、ぼく、辞退するってば！

「わしが、これから細かい指示を出す。まず、殺すな、というのは最初に掲げておこう。明らかな他殺の場合、権利がなくなる、とな」

「事故死に見せかけられる、ってことですね」

怖いー！　淡々とそんな話をしないでほしい！

「事故死はしょうがないな。だから、事故死をしないように万全な態勢を整えておく」

「たとえば？」

「今後はすべて車移動で、運転手は絶対に事故を起こさない超有能なドライバーをつける。いまは週末ごとに家に帰っているそうだが、それは危険だから、毎週、ちがうホテルに三人で泊まれるように手筈《てはず》を整えておこう。わしもどこに泊まるか知らないようにしておく」

そんなので防げるの⁉

「それで事故死を防げますか？」

ありがとう、お母さん！　ぼくの疑問を聞いてくれて！　本当に頼りになる！

「たぶん」

たぶんって何ーっ！

「それでは不十分です。綺士は跡継ぎを辞退したから狙うな、とはっきりと命令してください。そして、綺士をうちに戻してください。それで、あの高校を辞めなければならないとしてもしょうがないです」

うんうんうん！　たしかに、あの高校はすばらしいよ？　すばらしいけど、命と引き換えにしてまで通うほどじゃないよ！

美術関係に向いているのはわかったし、あとは自分でやっていける！

「綺士は、あの学校に未練はないのか？」

じいちゃんが唐突に綺士にそう問いかけた。綺士は、こくこくこく、と何度もうなずく。

命あっての物種って、いいことわざだよね！

「そうか。わしは本当にがっかりした」

じいちゃんはため息をついた。

「ここで、綺士が、学校にいたい！　と言ったなら、まだ跡継ぎとしての目があったのにな。そんなに命が惜しいか」

こくこくこく。

惜しくない人がいたら、いますぐここに連れてきてよ！　あ、じいちゃんはだめね！　なんか、惜しくなさそうな気がするから。

「わかった。綺士は完全に降りた、とみんなに伝えておこう。ただし、それが全員にきちんと伝わるまでは危険だから、運転手はつけるし、家じゃなくてホテルに泊まるように手配はしておく」

「結構です」

「結構じゃないよ！」

ようやく、綺士は声を出した。

全然、結構じゃない！　だって、命を狙われてるのはぼくなんだよ？

「運転手はつけてもらって！　あと、ホテルはいやだ。いまもホテルみたいな部屋に住んでるんだから、家に帰りたい。だから、超絶有能な運転手は必要。あと、ぼくを迎えにくる車も毎回替えてもらって、絶対につけてこられないようにしてほしい」

「ふむ」

じいちゃんは自分のあごを触った。

「最後まで何も言わずに母親の陰に隠れてるかと思ったら、きちんと主張できるんだな。よし、わかった。綺士の希望は叶えてやろう。学校もそのまま通っていい。学校内にはだれも侵入できないし、一番安全だからな。安全だとわかるまで、ずっとそこにいてもいいぐらいだぞ」

なるほど。たしかに、学校のセキュリティはかなり厳重だ。平日は生徒の親でも入ってこられない。そこにいたら安全は確保される。

でも。

「家には帰ります」

授業は一人だ。先生と雑談することはあっても、クラスメイトはいない。寮も一人部屋で、綺士はほぼルームサービスで食事を取るから、寮でもだれとも話さない。

一週間に一回ぐらい、だれかとおしゃべりしないとおかしくなる。

だから、家には帰る。絶対に帰る。

「そのときの安全を、じいちゃんが保証してください。世界で一番、腕のいい運転手をつけてください」

「よかろう」

じいちゃんは満足そうに笑った。

「そうやって交渉するところは、会社経営に向いておるがな」

命がかかってたら、だれだってこのぐらい交渉するよ！

「運転手は見つけておく。家に帰るのをやめてホテル泊にするなら、また連絡してくればいい。じゃあ、無事で」

じいちゃんは、ひらひらと手を振る。

これは、帰れ、ということだろう。

いや、無事で、じゃないよ！　無事にするように、じいちゃんがどうにかしてくれなきゃ困るんだよ！

そんなことは言えなかった。

その日は、親子三人、無言で家に帰った。

安全だとわかるまでは、ずっと学校にいてもいいのよ。

母親が、ぽつり、とつぶやく。

大丈夫。すぐにぼくが降りたって話は伝わるよ。

綺士はなるべくのんきな様子を作って答えた。

そうなるはずだった。

だけど、呼び出されて三ヶ月たとうとするいまも、命を狙われつづけている。

親には、もう大丈夫だよ、と言っているのに。

全然、大丈夫なんかじゃない。

「つまり、じいちゃんがすべての元凶ってことか」

元木が腕を組んで、顔をしかめた。綺士は、ぷっと小さく噴き出す。

「なんだ？」

「元木さんまで、じいちゃんって呼ぶんだな、と思って」

「だって、じいちゃんの名前とか知んねえし」

あ、そうか。そういえば、綺士も知らない。じいちゃん以外の呼び方を聞いたことがないのだ。

「ぼくも知らないってことに、いま気づいた。じいちゃんはじいちゃんだからね。なんで、じいちゃんって呼ばれたいんだろう」

「それじゃね？」

元木がパチンと指を鳴らした。

「それ？」

どれ？

「だれも名前を知らなくなること。どういう理由かはわかんないけど」

「なるほどー」

たしかに、それはありそうだ。でも、元木の言うとおり、理由はわからない。名前を呼ばれたら塵《ちり》になって消えてしまう、とかだろうか。

そんなバカなことを考えてしまう。

「ま、そんなことはどうでもいいや。命を狙われるって、本気でってこと？　それとも、脅迫文が来るとか、その程度？」

「脅迫文？」

「家のポストに、おまえを殺してやる！　それがいやだったら、跡継ぎをあきらめるんだな、みたいなやつ」

なるほど。そういうやつか。それだったら、すっごく気が楽なんだけどな。

「本気で狙われてるの。先週は、ドーン、って車が横から当たってきて、反対側からも別の車が迫ってきてたから、カーブで車から飛び降りるっていうアクション映画みたいなこともしたよ」

「え、それ、マジのやつじゃん！」

元木がのけぞった。

「ごめん、俺、もっとたいしたことないのを想像してた」

「たとえば？」

命を狙われるのに、たいしたことない、とかあるんだろうか。

「さっきも言ったけど脅迫文とか、あと、歩いてたら後ろから、ドン、って押されて車道に押し出されるとか…いや、それも危ないけどさ。車がいないときを狙って、とかで、そこまで危険じゃないけど、命を狙ってるんだよ、ってことは伝えたい、みたいな」

なるほど。このままだと命の危険があるから自分から辞退しろ、という脅《おど》しはするけど、実際には命を狙ってこない、と。

それなら、よかったな。安全だもんね。

でも、その前に。

「ぼく、歩かないよ?」

こんなことになる前も、基本的に移動はすべて車だ。歩くことはほとんどない。車が入れないところなら、ほんのちょっと歩くこともあるけれど。

あとは、こないだみたいに車から飛び降りたあととかね！　あれも、別に歩きたくて歩いたわけじゃないし。

そうか。歩いていると周りが全員敵みたいに見えるのかもしれないな。先週は、だれもいないなー、とかのんきに歩いてたけど、いたらいたで、はっ、殺し屋！　って…思わないかも。上品なおばあさまに会ったときも、助かった、ってほっとしたぐらいだしね。

「車?」

元木が問いかけてきた。

「うん、車」

「だったら、わざと気づかれるようにつける、とかさ。もしくは、信号で隣に並んだときに、怪しい黒服の男が、じろり、とのぞきこんで、手を銃の形にして綺士を狙って、にやり、と笑う、とか、そういった、かわいい感じの命の狙い方なのかと」

銃の形って、全然かわいくないよ！　やられたら、絶対に怖い！

「本気でカーチェイスするぐらいには堂々と追いかけられてるよ？」

体にアザはできるし、スマホは何台も壊れるし、本当に最悪だ。毎回、逃げ切れているだけいいけどね。

「そうなんだ…。本気の本気なのか」

元木が、うーん、と考え込む。

「車から飛び降りる訓練とかしてんの？」

「してないよー」

そうだ！　つぎもベッドマットがあるなんて幸運がつづくわけがないから、ちょっとは訓練しとこう、と先週考えていたんだった。なのに、日曜、家から学校に帰るまでの間、何も起こらなかったので、すっかり忘れてしまった。せっかく思い出したんだし、明日、学校に戻ったら、さっそくやろう。

体育の授業は一切ないけれど、学校には最新の設備を備えたジムが併設されている。体を動かしたい人のために、授業が始まる前と放課後、いろんなクラスが開かれていた。良家の子息が通うだけあって、護身術などの身を守る系のクラスもいくつかある。それに顔を出してみよう。

「え、それなのに、ケガしなかったのか？　先週、元気そうには見えたけど」

「ベッドマットがいっぱい捨ててあったの」

ちょっとでもタイミングがずれてたら。ベッドマットがちがう場所に捨ててあったら。

そう考えると、ぞっとする。

大量のベッドマットを捨ててくれた人には、一生感謝して生きていこう。

「どこに？」

「ドアから思い切って飛び出したら、ぶんっ！　って体が浮いて、壁に激突しそうになったんだよ。あ、やばい、これは大ケガするな、って覚悟してたんだけど、ちょうど壁に立てかけて捨ててあったベッドマットが、ぼくの体を受け止めてくれたんだ。だから、一切ケガしなかった。ぼく、運がいいよね」

「いやいやいやいやいや。そんな本気で命を狙われてたら、運が悪いだろ！」

元木がますます顔をしかめた。

「んー、でも、行きたい学校に入れて、美術関係に向いてるって診断してもらえて、たしかに向いてて、毎日楽しいよ？」

その点では、運がいいと思うんだけど。

「命狙われてることで帳消しどころか、マイナスだよ！」

「やっぱり、そうかなあ」

なるべくポジティブに考えようとしてるけど、死んじゃったら勉強もできないしね。たしかに、マイナスかもしれない。

「おまえ、のんびりしてんな」

「してないよ！　これでも、真剣に怖がってるんだよ？」

命を狙われて、怖くないわけがない。

「あのな、真剣に怖がってるなら、学校から出ない。それでもいい、って、じいちゃんにも親にも言われてるんだろ？　なのに、毎週、家に帰るとか…」

「んー、でも、だれともしゃべらないと精神的にまいっちゃうからね。だったら、ちょっとぐらい危険でも家に帰りたい…ぼく、のんびりしてるー！」

親とおしゃべりしたいのと、命を狙われて怖い。その天秤《てんびん》が、親とおしゃべりしたい、に傾いてるだけで、十分にのんきだ。

だいたい、毎週、ひどい目にあっているというのに、それでも、よし、帰ろう、と土曜になると思うんだから、かなり図太い。

元木に指摘されるまで、まったく気づかなかった！

「ようやくわかったか？」

元木が肩をすくめる。

「俺が、命を狙われてるなんてただの脅しだろ、と思ってたのは、綺士がのんびりしてたからなんだよ。普通、何度も命を狙われたら、ぴりぴりするだろう。いや、俺は命を狙われたことなんてないからわかんないけどさ。でも、絶対にそんなに楽しそうにしてない、ってのはわかる。そのうえ、綺士は堂々とカウンター席に座って、後ろをだれが通ろうと気にしないでオムライスに没頭してた。用心するやつは、絶対にカウンターなんて危ないところには座らない。背中を向けることになるからな。背後から襲われたらおしまいじゃん？」

「なるほどー」

たしかに、カウンターだと背中を見せちゃってるよね。

「あと、怪しい店にも入らない」

「電話探してたんだもん…」

綺士は小さく反論した。

たしかに、元木の言うとおり、綺士は用心が足りていない。いくら危ない目にあっても、毎週、家に帰る。

それはどうしてなのか、と聞かれても、帰りたいから、でしかなくて。本当に死ぬ寸前ぐらいのひどいことをされたら、学校にこもるかもしれないけれど、いまのところはそのつもりはない。

　あ、ぼく、本当にのんびりでのんきで楽天家だ。

「まず、スマホを持たないまま車から飛び降りるのがすごいと思うよ。連絡手段がないとか、怖くね？」

「スマホを持って飛び降りても、壊れてたと思うんだよね。ベッドマットに思い切りぶつかっちゃったし。ぼくは大丈夫でも、スマホは大丈夫じゃない。スマホってかよわいよね」

「かよわい…その表現が正しいかどうかは置いといて、壊れやすいとは思う。なるほど、持ってても壊れたら使えないしな。どうすればいいんだろう」

「電話は借りればいいんだよ。ありがたいことに、元木さんが貸してくれたしね。あ、そうだ！　電話代を払うの忘れてた！」

　よかった、思い出して。

「電話代っていくら？　十円？　あ、あと、しょうが焼きのお金も一緒に払う。しょうが焼きは…え、あんなにおいしいのに七百円？　安いよー！　じゃあ、七百十円でいいかな」

　綺士はお財布からぴったりの金額を取り出した。

「はい、ごちそうさまでした。じゃあ、また来週来るね」

「え？」

　元木が驚いたように綺士を見る。

「もしかして、来ちゃだめ？」

「いや、そうじゃなくて！　命を狙われてるんだ、じゃあねー！　って去られるこっちの身にもなってみろ！　心配でしょうがないだろ！」

元木が真剣な表情になった。それに、どくん、と心臓が跳ねたのは、迫力にびっくりしたからだろうか。

それとも、別の感情？

「大丈夫だよ。たぶんねー、もう、ぼくが降りたのは伝わってる気がするんだ。だって、今日もだれにも狙われてないんだよ？」

綺士はわざと明るく言う。

「…のんきすぎる。それ、たまたまかもしんねえじゃん。だめだ。俺も一緒にじいちゃんとこに行く」

「へ？」

今度は驚くのは綺士の番だ。

「それで、いまどうなってるのか聞いてみる」

「いいよ！　大丈夫！　来週も元気でここに来るから！」

元木をじいちゃんに会わせたくない。

本能的にそう思った。

じいちゃんは危険だ。身内にすら容赦《ようしゃ》がないのに、他人の元木になんて何をしでかすかわからない。

それは、絶対に避けなければ。

「だめだ。綺士がなんと言おうと俺は心配でしょうがないし、そうやって身内同士で争わせるようなじいちゃんには、ひとこと言ってやらないと気がすまない。夜の営業はやめて、じいちゃん家に乗り込むぞ」

「どうして…？」

そこまでしてくれるんだろう。ただ、二回お店に来ただけなのに。身内でもなんでもないのに。

「本当に綺士が殺されたら、寝ざめが悪い。あと、縁があって知り合ったんだから、助けてやりたいと思うんだよ、俺は」

わー、どうしよう。どきどきする。

ぼくは男で守られる立場じゃないのに。自分で自分を守らなければならないのに。

それでも、こうやって助けようとしてくれる人がいてくれると、すごくすごくどきどきする。

女の子だったら、この瞬間に恋に落ちているだろう。

そのぐらい、かっこいい。

知り合いでもない、と思っていたのに、縁があって知り合った、と言ってくれた。

それがもうすでに嬉しい。

オムライスとしょうが焼き定食。

たったそれだけの縁でも、助けてくれようとしている。

こんなにすごい人がいるんだ。

でも、だからこそ、じいちゃんに会わせちゃいけない。じいちゃんと無縁でいてほしい。

「わかった。ぼく、自分でたしかめてくる。そして、その結果を元木さんに電話するよ。お店で大丈夫？」

「俺も一緒に…」

「電話するね」

綺士は元木の言葉をさえぎった。そんなこと、絶対にさせられない。

「ぼく、自分でちゃんとできるから。電話を待ってて。お店も開いて。ここに来ることを楽しみにしている人がいるんだから。じゃあ、ごちそうさまでした。来週、また元気にやってくるからね！」

綺士はにこっと笑って、立ち上がろうとする。

「車呼んだ？」

「呼んでない！」

わー、ぼくのバカ！　せっかくかっこよく立ち去ろうとしたのに、しばらくここで待たなきゃいけない。

あ、でも、近くで待ってくれてるはずだから、そんなに時間かからないかな。

綺士は運転手に電話をする。案の定、五分もたたずに来るとのこと。

「近くにいてくれたから、すぐに来てくれるよ。元木さん、本当にありがとう。来週のおすすめは？」

「カツ丼も人気あるぞ」

「カツ丼！　どんな食べ物なのか知らないから、食べてみたい！　じゃあ、それにするね！」

カツが丼になってるってどんな感じだろう。先週、ちらり、と見たところでは、丼に入っていることしか確認できなかった。

すごく楽しみ！

「カツ丼を知らない…。金持ちってすげーな」

「あ、車が来た。じゃあ、また来週！」

綺士はひらひらと手を振って、お店を出た。運転手がドアを開けて待っていてくれる。そこに、するり、と乗り込んで、じいちゃん家へ、と言おうとしたところで、ドン、という振動を感じた。

地震？

きょろきょろと周りを見ると、なぜか、元木が隣にいる。

「元木さん！　何してるの！」

「だから、俺も一緒に行くって。じいちゃん家に暗殺者が潜んでるかもしれないんだろ。そんな危険なとこ、綺士一人で行かせられない」

きゅん、と心臓が鳴った。

ぼくが女の子なら、さらに深く恋に落ちたよ！　だって、本当にかっこいいんだもん！　まさか、油断させといて、こんなふうに乗り込んでくるなんて。

かっこいい人がかっこいい行動を取ると、相乗効果でかっこよさが増すんだね。なんかもう、すっごいすっごいすっごい…この感情をうまく表現できない。

すっごい、なんなんだろう？

「俺が守ってやる。いいな」

守ってやる。

その言葉がきちんと意味を持って届いた瞬間、くらり、となった。

どうしよう。かっこよすぎて、きゅんきゅんする。

俺が守ってやる、なんて、人生でだれかに言われるとは思ってもみなかったセリフだ。むしろ、言う立場のはずなのに。

それでも、元木の本気の、守ってやる、は、綺士の心にかなり響いた。

きゅんきゅんするし、ほわほわもする。

自分の感情なのに、うまく言葉で表現できない。

男でも、こんなふうな気持ちになるのか。それほど、だれかに守ってもらうってすごいことなんだ。

うん、と言いたくない。じいちゃんに会わせたくはない。

だけど。

「ありがとう…」

それしか言葉はなかった。

だって、嬉しい。

元木が守ってくれるなんて。

4

「すっげー」

正門から見えるじいちゃん家に、元木が、ぽかん、と口を開けた。

「これ、全部じいちゃんの敷地で、あれが家？」

「うん、そうだよ。少し広めだよね」

「少し広め！」

元木が綺士のほうを向く。

「これで、少し広めなんだ？」

「うん。ぼくんちの五倍ぐらいある。ここにじいちゃん一人で住んでるんだから、やっぱり少し広いよね」

住み込みの使用人がたくさんいるので、正確には一人じゃないけど。息子たちはとっくに巣立っているし、じいちゃんの奥さんはもう十年以上前に亡くなっているので、家族と一緒に住んではいないという意味では一人だ。

それにしては、うん、広すぎる。こんな広いところに一人でいて、寂しくないのかな。あ、でも、毎日、来客は絶えないし、親族の集まりとかもやっているし、それ以外にもパーティーを開いたりしている。綺士が思っているよりも、結構、にぎやかなのかもしれない。

「五倍…。綺士の家も相当でかいな」

「そんなことないよ。ぼくんちは三人だもん」

住み込みの使用人もいない。全員、通いだ。

「いや、この五分の一の広さなら、相当なもんだよ。ま、綺士の家の話はいいや。これ、どこから忍び込めばいいんだ?」

「忍び込まなくていいよ!」

綺士は驚いて止めた。

「ちゃんと普通に入れるから。このまま、じいちゃん家に入ってって」

最後の言葉は運転手に。運転手が、はい、と答えて、正門に近づく。そこでしばらく止まっていると、門が開いた。

「え、自動ドア?」

「うん。こんな重い鉄の門、いちいち人が開けるの大変でしょ?」

そのためだけに、ここに人を置いておくのもバカらしいし。

「いや、そうじゃなくて! だれかチェックもせずに、車が止まると開くとか、危機管理大丈夫か?」

「ちゃんとチェックしてるよ?」

綺士は門の上を指さした。

「あそこのどこか数ヶ所にカメラがあって、車の中の人数と顔をチェックしてるの。サーモグラフィーを使って人数を把握して、どこかに隠れてるようなら門は開かないし、全員の顔が確認できて、ブラックリストに載ってなければ入れる」

「ブラックリスト？」

元木が驚いた声をあげる。

「そんなの作るぐらい、いろいろあんの？」

「そうじゃないのかな」

じいちゃんは味方も多いけど、当然、敵も多い。命を狙われることもあるだろう。

ぼくもだけどね、じいちゃん！　でも、ぼくは何もしてないのに、じいちゃんが命令したんだからね！　ひどいよね！

なんか、すごく理不尽。怒りとかよりも、めんどくさいな、という気持ちのほうが強いのは、やっぱり楽天家なせいだろうか。

「ブラックリストって警察が持ってるやつ？」

「どうなんだろう？」

警察がそういうのをくれたりするだろうか。

…しそうだよね。権力とお金があると、いろいろできちゃうもんね。

「ぼくが小耳に挟んだところによると、じいちゃんが独自で作ったものらしいけどね。警察にも協力してもらってるのかも。そのブラックリストと照合して、犯罪者でもなければ危険な人物でもないって判断されたら入れてもらえるよ」

「はー。すげーしっかりしてるんだな」

元木が感心したようにうなる。

「けど、そんなめんどくさいことしなきゃいけないのはいやだから、俺、いまのままでいいや。扉さえ自力で開けてくれれば、だれが来ても、いらっしゃいませ、って迎え入れるほうが気楽」

そういえば、元木のお店は自動ドアじゃなかった。

「元木さんは、いっぱいの人をごはんで幸せにしてるからね。いまのままでいいと思う。あ、まちがった。ごめんなさい。いまのままがいい、だね」

失礼なことを言ってしまった。

「おまえ、いいやつだな」

元木が、ぐしゃぐしゃ、と綺士の髪を掻《か》き回す。

「え、どうして？」

「いまのままで、と、いまのままが、のちがいに気づいて、俺に失礼なことを言ったな、と思ったら、ちゃんと謝れる。金持ちのぼんぼんって傲慢《ごうまん》なイメージしかなかったけど、綺士見てると、そんなこともないんだな、って。そして、これは俺の偏見だから、ごめんな」

元木はぺこりと頭を下げた。

「え、いいよ！　お金持ちが傲慢っていうのはパブリックイメージだからしょうがないよね。あと、とっても失礼なことを言うけど、元木さんがやっているようなお店には行かないだろうから、知り合うこともないだろうし。そのパブリックイメージを覆《くつがえ》す人とは会わないもん。あとね、パブリックイメージって、だいたいあってる」

お金と権力を持っている人は他人に負けたくない意識が強いので、自分よりも立場が下だと思った相手に腰が低かったりはしない。自分よりも上の人には、ものすごく腰が低い。

そんな感じ。

「へえ、じゃあ、傲慢だと思ったままでいいのか。あと、金持ちがうちに来ないっての、失礼でもなんでもなくて、ただの事実だ。それに、正直な話、来られても困る」

「え、もしかして、ぼく、いま来店拒否された？」

綺士は、ずーん、と落ち込む。来週はカツ丼を食べる予定だったのに。

「綺士は来てもらわないと困る」

「え！」

落ち込んだ気持ちが、すぐに、ぱあっと明るくなった。

「嬉しい！　来ないと困るの？」

「うん。綺士の反応は新鮮だから。俺が作るようなものを、これまで一回も食べたことないんだろ?」

「ないねえ…」

焼いてタレかけただけ、みたいな料理は、家でも外でも食べない。ものすごく手のこんでいるものばかりだ。ほぼ素材のまま、って、和食のコースに出てくるお刺身ぐらいじゃないだろうか。

あ、でも、朝ごはんの卵料理はシンプル。

もちろん、時間をかけて作られたそれらの料理はとてもおいしい。材料もいいし、料理人の腕もいいから当たり前だ。

それとおなじぐらいおいしいものを、元木は五分もかからずに作ってしまう。料理にかかる費用も圧倒的に少ない。そこが本当にすごい。

「だから、綺士が、おいしい、って言ってくれたら、自信が持てる。いいもんばっか食ってきて、舌も肥えてるのに、そうか、俺の料理でおいしいって思ってくれるんだ、って」

「えー!　あんなに繁盛してるのに自信がないの?」

いつも満席なのに。そして、みんな、おいしそうに食べているのに。

「綺士は歩き回って、うちの店にやってきたからわかるだろうけど、周りにほかの飲食店とかコンビニがないから。ガッツリしたものが食いたいな、ってときに、みんな、うちに来るんだよ。住宅街の真ん中にぽつんと一軒だけあるっていう立地勝ちだと思ってる」

「それだけじゃないよ！　元木さんの料理、すっごくおいしいよ！」

　綺士は力説する。

「本気の本気でおいしいよ！　炙りトロのお寿司とどっちを取るかって言われたら…えーっと…うーんと…悩むな…ごめんなさい」

　さすがに炙りトロのお寿司には勝てないかなあ。だって、炙りトロのお寿司は綺士の大好物だ。

「いやいや、炙りトロと比べて勝てるわけがないんだから、いいんだよ。むしろ、炙りトロ以上です！　って宣言されても困る」

「そっか。よかった！」

　うん、炙りトロほどじゃないけど、でも、おいしい。本当においしい。

「到着しました」

　運転手がじいちゃん家の前で車を止めた。門を入ってから、車で十分ぐらいはかかる。

「ありがとう。帰りはまた連絡するね」

「かしこまりました」

　駐車場は家のすぐ横に何十台もとめられるスペースがある。それだけ来客が多いのだ。

「さてと」

元木が車から降りて、指をポキポキと鳴らした。

「対決するか！」

「元木さん、本当に気をつけてね！　じいちゃん、怖いから！　どこがかは、よくわかんないんだけど、とにかく怖いから！」

いつもにこにこしていて、じいちゃんと呼ばれているのに、全然穏やかじゃない。そういう人じゃなければ、会社をここまで大きくできなかっただろう。

「まかせろ。俺、そういうの慣れてるから」

「え、そうなの？」

「うん、そうなの。だから、負けない」

元木がにやっと笑った。

…やっぱり、かっこいいなあ。

綺士は元木に見とれてしまう。

こんな人になりたいな、というよりも、純粋なあこがれ。だって、なれるわけがない。元木のような度胸もないし、他人のために一肌脱ごうなんて考えもない。

元木は人としてかっこいい。

そこが本当にすごい。

玄関のチャイムを押すと、すぐに執事がドアを開けた。

「お待ちしておりました」

無表情のまま、そう告げる。

「え、待ってたって何？」

元木が綺士に質問してきた。

「さっき言ったように、門のところでカメラに撮られてるから。だれが来るか、じいちゃんには全部わかってるんだよ」

「俺も？」

「元木さんは知らないんじゃない？　ぼくのことだと思うよ」

「こちらへどうぞ」

執事は綺士たちの会話など興味なさげに先に立って歩き出す。お客さんを迎える応接室とはちがう場所へ向かっていた。

「うわ、なんだ、この屋敷…」

歩きながら、元木がつぶやく。

「どうしたの？」

「さっき、すっごいでかいホールみたいなのあったけど、あれ何？」

「パーティー会場。二百人ぐらい入ると思うよ。ぼくが跡継ぎに指名されたのも、あそこ」

玄関から入ってすぐ右手にかなり大きな部屋があって、そこでいつも親族の集まりが開かれている。玄関の左手はもう少し小さめな部屋で、そっちは立食じゃなくて、テーブルについて食事をするための会場らしい。それには呼ばれたことがないので、どういう感じなのかは知らない。

一階は基本的に来客用の部屋ばかりだ。応接室やバー、少人数での会食のための部屋、パーティーに早く来た人のためのウェイティングルーム、クロークなど。二階には客間、三階がじいちゃんのプライベートエリアとなっていた。二階以上は行ったことがないので、どういう造りなのかはまったく知らない。

「こちらです」

右手の突き当たりにきっちりドアが閉まっている部屋があった。これまで通ってきたところは、全部、中が見えるようになっていたので、違和感がある。

「どうぞ、お入りください」

執事がドアを開けた。綺士は中に入って、うわっ！　と叫ぶ。

何ここ！　要塞《ようさい》？

壁の三面すべてがスクリーンになっていて、そこにはいろいろな画面が映し出されていた。数字がずっと流れていたり、棒グラフ、折れ線グラフ、円グラフがあったり、映像だったり、何がなんだか、まったくわからない。

「よくきたな、綺士」

部屋の中央に置かれた大きな机の上にあるノートパソコンを見ながら、じいちゃんがそう言った。

へー、じいちゃんってパソコン使えるんだ。

大きな会社の社長をしていたぐらいだから当たり前なんだけど、なんとなく、じいちゃんにパソコンは似合わない。

「どうだね、学校は？」

「楽しいです」

跡継ぎに指名されるまでは、ほとんどしゃべったことがなかった。だから、じいちゃんの人となりを知らなかったし、怖いと思ったこともなかった。

だけど、いまは怖い。

人を平気で亡き者にしようとする。

期待したのに、経営者に向いてなかった。

たったそれだけで、綺士を殺してもいい、と思わせるような伝達を行う。

そんな人を怖がらないほうがおかしい。

「いまは何をしてるんだっけ？」

「美術の勉強です」

「ほー。人生のムダを楽しんどるんだな」

わー、すっごいむかつくー。会社を大きくしたい人ばかりじゃないんだけどなー。美術の勉強はぼくにとって、すっごく大事なんだけどなー。あー、腹が立つなー。

なるべくのんきを装ってないと、本気で反抗してしまいそうだ。そうなると、元木まで巻き込んでしまうので我慢しよう。

「まあ、おまえの人生だ。好きなようにしなさい。人生は思ったよりも短いかもしれないしな」

そのひとことでわかってしまった。

じいちゃんはまだ、綺士を狙う人たちに伝えていない。

もう、おしまいだ。綺士は降りた。

それを教えていない。

あーあ、と、綺士は小さくため息をつく。

先週から怪しい人が現れなかったから、もしかしたら、と思っていたのに。ただ偶然、見つからなかっただけなのか。

「おい、じじい」

待って！　ちょっと待って！　じじいはだめ！　絶対にだめ！

「元木さん！」

綺士は元木の腕を引っ張った。そのまま、部屋の隅に連れていく。

「なんだ？」

「お願いだから、じいちゃんって呼んで。それだけは守って」

「やだよ。緊張感なくなんじゃん」

元木が顔をしかめた。

「じゃないと、もう、このまま帰る！　ぼく、本気だから！」

じいちゃんって呼ばないとどうなるのかは知らない。だって、そう呼ばない人がいないんだから。

もしかしたら、じいちゃんって呼ばない人たちを排除してきたのかもしれない。

うわっ…怖い。

自分の想像に鳥肌が立つ。

そして、絶対に元木をそんな目にあわせたくない。

元木はしばらく黙ってから、わかったよ、とつぶやく。

「話し合いは終わったかな」

じいちゃんがのんびりとそう聞いてきた。

「はい、終わりました。ね、元木さん」

元木の名前に力を込める。元木は肩をすくめた。

「すみません。お名前をまちがえまして。じじいじゃなくて、じいちゃんでしたね。いかにもじじいって顔してたんで。ついつい、じじい、って言ってしまいました」

だからっ！　挑発しないでってばー！

「いや、かまわんよ」

じいちゃんは笑顔のままだ。だけど、その笑顔が怖い。そうか、じいちゃんの目が笑ってないんだ。だから、恐ろしい。

そのことに初めて気づく。

「元木和剛くんだね」

じいちゃんはパソコンの画面をじっと見つめていた。そこには元木の情報が出ているのだろう。

別に驚かない。じいちゃんなら、そのぐらいお手のものだ。

「はい」

元木も平然としている。名乗ってないのに、みたいな態度は見せない。元木も度胸が据わっている。

「二十八歳と若くして食堂を経営。経営状態はかなり良好。中学生のときにご両親が海外で事故死。その後、母親の兄である伯父《おじ》さん宅に引き取られる。伯父さんとソリがあわなかったのか、それとも、その若さで親が亡くなって世間を恨んだのか、お決まりのコースで暴走族へ。

そのまま総長を務めて、十八歳で暴走族を引退。更生してからは、親の家業を継ごうと料理修業に。二十五歳のときに生まれ育った家に戻って、食堂を再開。ふむ、なかなか波乱万丈な人生ではあるな。何かまちがってたら訂正してくれたまえ」

ひどい。

途中から綺士は怒りで目の前が真っ白になった。あまりにも怒りが強くなると、そんな状態になるのだと初めて知った。

どうして、元木の過去をほじくり返すのだろう。そして、どうして、綺士がいるのに、平気でそんなことを言えるのだろう。

元木と二人きりのときなら、まだいい。

じいちゃんは知っている。元木も知っている。

その状態なら、元木の過去のことを言っても、いやな思いをしたり、怒ったりするのは元木自身で、元木の過去が他人にばれることはない。

…ああ、わざとなのか。

綺士は絶望感に襲われた。

じじい、って言ったからか、それとも、ほかの理由なのか。わざと、綺士に元木の過去を聞かせたのだ。

「訂正というか、俺が暴走族に入った理由が、普通の人が考えるようなものでつまんないな、っていう感想ですかね。じいちゃんと呼ばれて、みんなに恐れられているのに、お育ちがよろしいせいで、こういった下々のことに関しては想像力が働かないようで。それでよく、会社を大きくできたな、と感心しているところです」

ちょっとー！　ケンカ売らないで！　いや、すかっとはするよ？　するけど、もとの戦闘能力がちがいすぎるから！　身内でも、殺していい、って言うような人だから！　他人の元木に何するかわかんないのっ！　お願いだから、やめて！

だけど、言葉が出ない。綺士が口を挟むことで、もっとひどくなりそうな気がして。あと、本当に情けないことに、どうやって止めたらいいのかがわからない。

争いがきらい。競争心に欠けている。

それが、いま悪いほうに出ている。

「ほう。じゃあ、どうして暴走族になったのか、教えてくれるかね」

「伯父さんが、親が死んでぐれないとかありえない。中学校三年間、絶対にぐれるはずだ、ってわくわくしてたけど、おまえはいい子すぎる。俺の知り合いに預けるから、高校を卒業するまでそこにいろ、と暴走族に放り込まれました。暴走族と言っても、ただバイクで走るだけで、ケンカとかしませんからね。ヤクザの下にもついてませんし、健全なものですよ。あ、でも、酒も飲んだし、煙草も吸ったから、それは法律違反ですね。もう時効ですけど」

なに、その伯父さん！　ちょっとかっこいい！

「その暴走族の舎弟…でいいのか？」

「舎弟はヤクザです。うちのは、ただの後輩です」

へえ、そうなんだ。なんとなく、そういった関係の人たちは親分と舎弟みたいな呼び名なのかと思っていた。

そもそも、いま、暴走族ってあるのかな？　あんまり聞かないよね。

「ふむ、暴走族の後輩か。それをきみの食堂で雇っているらしいな。全員、もと暴走族ってことでいいんだな？」

「ええ、そうですよ」

元木は、にっこりと笑った。

「もと総長の俺を尊敬して、頼ってくれてますからね。礼儀正しいし、働き者だし、すごくいい店員です。俺は、そんな後輩を誇りに思ってます」

へー、あの人たち、暴走族だったんだ。全然わからなかった。すごく愛想がよくて、元気がよくて、有能な店員さんたち。元木の言ってることは正しい。

「そういう噂が流れると、客足に影響するんじゃないか？」

「もう知られてますよ。だから、上品ぶった人たちは、遠巻きにして来ませんし。まったく気にしない人だけが来てくれて、うまいうまい、ってガツガツ食ってくれて、リピーターになってくれてます」

ああ、だから、あの上品な感じのおばあさまは、わたしは行ったことがないけど、みたいなことを言ってたのか。納得。

「で、今日はなんの用だ？　綺士をダシにして、わしから金を借りる必要もないようだし、用がないなら帰ってくれ」

ああ、じいちゃんの負けなんだ。

綺士はほくそ笑みそうになるのを、どうにかこらえた。

これ以上、いやみを言う部分が見つからない。だから、追い返そうとしている。そんな状況だと、綺士をダシに、というひどい言葉も聞き流せてしまう。

「綺士の身の安全を保証してください」

元木はじいちゃんをまっすぐ見て、強い口調で言い放った。

「しておるぞ」

「してないから、いまだに命を狙われてるんじゃないですか」

じいちゃんの表情から笑顔が消える。

ぞわり。

綺士の背筋が震えた。

怖い。ものすごく怖い。

「おまえになんの関係がある」

「うちの客が一人減りますからね。ものすごく関係があります」

「一人どころか、全員いなくならせてもいいんだぞ」

「怖いですね」

元木はにこっと笑った。

なんで笑えるのー！　ぼくなんて、手足が硬直して動けないのに！

「食堂はなくなってもいいですけど、綺士が亡くなるのは困ります。あ、これ、ダジャレですよ。笑ってください。お年寄りはこういうの好きですよね？」

もうやめてー！　怖いってばー！

「綺士が経営者に向いていない。自分の思いどおりにならなかった。たったそれだけで、周りに殺させようとするなんて、あなた、本当に人間ですか？　ちがいますよね。悪魔ですよね」

元木はそこで一呼吸おいた。綺士は固唾《かたず》をのんで見守るしかない。

じいちゃんも怖いけど、元木もおんなじぐらいすごい。元木は怖くない。だって、綺士を守ろうとしてくれている。

「だから、息子さんのがんばりも認められず、見込んだ綺士の叔父さんにも見放されるんですよ。じいちゃん、じいちゃん、ってみんなに慕われるような感じで呼ばせてますけど、どうせ、だれも、あなたのこと本気で好きじゃないですから。ただ怖がってるだけです。恐怖って、いつかは消えますよ。あなたの権力が弱まったら。あと、健康を害したりしてもですかね。そのとき、だれが残ってくれるのか、いまから楽しみでしょうがないんじゃないですか？　俺は、だれも残らない、に賭けてもいいです」

「黙れ、若造！」

じいちゃんが初めて声を荒げた。

「おまえに、わしの何がわかる！」

「じゃあ、あなたに俺の何がわかるんですか？　俺の経歴を読んで、ああ、親が死んだからぐれたんだな、って勝手に予測して、その予測も大外れだったのに。あなたが俺を分析しようとしたように、俺も分析しようとしただけですけど？　ちがうなら反論すればいいんじゃないですか？」

あ、もうだめだ。これ以上、ここにいたらだめだ。

「元木さん、帰ろう！」

綺士は元木の腕にしがみつく。

「綺士、でも…」

「帰ろう！」

口なら元木が勝ってる。だから、だめなのだ。

じいちゃんは負けて、そのままにしておくような人じゃない。お金と権力は、桁違いにじいちゃんのほうが強い。

じいちゃんは、されたことは忘れない。

それは、いいことも悪いことも。

これ以上、劣勢に追い込まれたら、何をするかわからない。

元木を巻き込みたくない。

やっぱり、車に乗りこんできたときに、突き飛ばしてでも降ろすべきだった。

守ってくれる。

それが嬉しくて、ここまで来てしまった。

これは、ぼくの責任。

だから、ここまでにしなきゃ。

「お願いだから、帰ろう」

元木としっかりと目をあわせて、そう頼んだ。

「…わかった」

元木は、くしゃっと綺士の髪を撫《な》でる。

「でも、おまえ、命を狙われたまんまだぞ」

「うん、わかってる」

そんなのは、とっくに知っている。そしてそれが、綺士がどんなに頼もうとも、元木がどれほどじいちゃんを追いつめようとも、撤回されないことも。

だったら、ここにいる意味なんてない。

家に帰りたい。

唐突にそう思った。

家に帰って、親と話して、何もかもを忘れたふりをしたい。

「行こう?」

綺士は元木の手を握った。

「行くか」

元木も、ぎゅっと綺士の手を握り返してくれる。

じいちゃんにあいさつはしなかった。ただ、二人で部屋の外に出た。

ドアが閉まる寸前。

「店が無事だといいいな」

じいちゃんの声がした。

脅しじゃない。

それがわかる。

綺士は元木と顔を見合わせて、そのまま、ダッシュで玄関に向かった。その間にスマホで運転手を呼び出す。

「玄関につけて!　いますぐ!」

玄関を開けたときには、車はちゃんとそこにいた。さすが有能な運転手だ。

「元木さんのお店に！」

「かしこまりました」

よけいなことは聞かない。それもありがたい。

「急いで！」

「はい」

だれにも追いかけられてなければ、どれだけ急いでも車は揺れない。本当にすごい運転技術だと思う。

来たときの半分の時間で元木の店に着いた。だけど、降りる前に見えてしまう。

「元木さん…」

綺士は泣きそうになった。

すりガラスでできた玄関の扉が叩き割られていた。あちこちにガラスが散らばっている。

「ごめんなさい…。ぼくが…元木さんを…」

あの人に会わせたから。

「綺士、家に帰れ」

元木はやさしくそう言って、綺士の頭を撫でた。

「大丈夫だから。保険にも入ってるし、ガラスが割られたぐらいで、うちの店はどうにかなったりしない。だから、安心して、家に帰って、親に甘えてこい」

「やだっ！　ぼくも片づけを手伝う！」

綺士はさっと車から降りる。

「ちょっ……！　危ないからやめろ！」

元木が慌てて、綺士のあとを追った。

「ほら、危ないと思ってるんだ！　だから、ぼくを帰そうとしたんでしょ！　でも、ぼく、片づけるから！　それまで帰らないから！　運転手さん、また連絡するからね！」

運転手は、こくり、とうなずいて、車を出した。

「待て！　綺士連れてけ！」

「無理だよ。ぼくの運転手だもん。ぼくの言うことが絶対なの」

綺士は、ふふん、と笑う。

「さーて、帰る手段もなくなったし、ガラス片づけなきゃ！」

道に落ちているガラスを拾おうとして、その手を強くつかまれた。

「バカッ！　素手で触るやつがあるかっ！　ガラスは危険なんだぞ！　いいから帰れ！」

「絶対にいやだ！　このまま帰って、何もなかったかのように家で過ごすとか、できるわけないでしょ！」

「もう夕方だぞ！　親御さん、心配してるだろっ！」

「わかったよ！　電話する！」

電話すればいいんでしょ！

綺士はスマホを取り出して、家の番号を押した。

「あ、お母さん？　ぼく。あのね、今日、課題がいっぱいで帰れない。うん、ごめんね。来週は帰るから。じゃあね！」

「バカかーっ！」

電話を切ったとたん、元木がわめく。

「もー、バカバカ言わないでよ。ぼく、バカじゃないもん。能力だけなら、うちの会社を継げるんだよ？」

「え、学校に帰る。生徒だったら、いつでも出入りできるし」

「どうすんだよっ！　家に帰れないだろ！」

「あ…なるほどね…」

元木のトーンが下がった。

「そっか、ホテルみたいな寮があるんだったな。あー、びっくりした。野宿でもするのかと」

「しないよ。もし、学校に戻れなかったとしても、どこかホテル泊まる」

命を狙われてるのに野宿するほど、危機感がないわけじゃない。

「あ、綺士、金持ちだった。それも忘れてた」

「元木さん、いろいろ忘れるね」

「これをやったのがだれなのかは、一生忘れない」

元木の目がぎらりと光った。

ああ、本当に暴走族の総長だったんだ、と、そのとき、ようやく納得した。さっき、じいちゃんと対決していたときは、じいちゃんしか見てなくて怖がっていたけれど、たぶん、元木も似たような迫力だったのだろう。

それでも冷静に話していた。いまも冷静に見える。

でも、内心はきっと怒っているはずだ。

「ごめんなさい…」

綺士はしゅんとなる。

「綺士は悪くない。俺が勝手にあのじじいを止めようとしただけだ。あと、あいつを見くびってた。まさか、こんな小さな店に何かするとは思ってなかった。見張りつけとかなかった俺の負けだ。もう二度と負けねえけどな」

「もう?」

聞きまちがいだよね？　まさか、まだ何かしようとしてないよね？

「俺は曲がったことがきらいだし、困ってるやつをほっとけるような性格でもない。あのじじいに会って、はっきりわかった。綺士はただの被害者で、守られるべき存在だってこと。だから、だれも守ってくれないなら、俺が守る」

「な…んで…？」

会ったの、たった二回だよ？　ただ、それだけだよ？

なのに、どうして？

「守りたいから」

「だから、どうして！」

お店をこんなにされてまで、守る価値があるわけがない。

「んー、オムライスを食べてたときに、すごく幸せそうな顔してたからかな」

「意味がわかんない！」

オムライスはおいしかった。おなかも空いてたし、命を狙われて無事に逃げたあとでほっとしてたし、お店の雰囲気もあったかかったし、いろんな意味で安心できた。

ただ、それだけのことだ。

「かわいいな、と思った。しゃべってみたくて、後輩たちを追い出した。しばらく帰ってくんな、って釘を刺したんだ」

「だから、意味がわかんないよ！」

「こういうこと」

元木の手が綺士の頬にかかった。え？　と思う間もなく引き寄せられて、唇が重なる。

「一目惚《ひとめぼ》れだった」

え？　え？　え？

「俺、だれかを好きになるのって、会った瞬間なんだ。あとから好きになる、とか、よく知ってからだんだん気持ちが傾く、とか、そういうの一切ない。だから、かんちがいでもなんでもない。だからといって、綺士に俺を好きになってほしい、っていう気持ちもない」

え？　え？　え？　え？　え？

さっきから、頭の中は疑問符だらけ。

「だって、絶対に好きにさせるから。俺に好きになられて、落ちなかったやつなんていない。綺士も絶対に落とす」

こつん、と額を合わせられた。

「だから、生きてろ。絶対に死ぬな。そのためなら、俺、なんでもする。俺のすべてを賭けて綺士を守る」

ちゅっ、ともう一度キスをされる。

「なんなら、このままうちに泊めたいぐらいだ。でも、そうしたら、俺、手を出すから。綺士の気持ちがわかんない間は、そういうの卑怯《ひきょう》だと思うし」

「あの…ぼく…男…」

ようやく言葉が出た。

「うん、そんなの知ってる。でも、別に、性別をたしかめて好きになるわけじゃないし。綺士が入ってきた瞬間、あ、俺、この子に恋をするだろうな、って思った。そして、やっぱり恋をした。だから、もうしょうがないよ」

「んと…あの…ガラス片づける…」

思考回路がうまく回っていない。元木の言ってることが、いまだに理解できない。

とりあえず、別のことをしよう。

「あ、素人《しろうと》は触んないで。ケガされても困るし」

「でも、元木さん一人じゃ…」

「名前で呼んでくれる？」

元木がじっと綺士を見た。

どくん。

綺士の心臓が跳ねる。

「え…名前…」

「覚えてないのか…」

元木はがっくりと肩を落とした。

「和剛…さん…」

覚えてる。ちゃんと、字も書ける。

「あ、いいな、それ。もっかい呼んで？」

「和剛さん」

名前を呼んだら、心が、ほわっと温かくなった。

これは何？

「うん、それがいい。今度から、ずっとそうして」

ちゅっ、とまたキスをされる。

抵抗しないのはどうしてだろう。いやだと思わないのはなぜだろう。

自分の心がわからない。

「さ、片づけるか」

元木はスマホを取り出した。だれかに電話をかける。

「あ、ヨッシー？　店のガラスが割られたから、集合かけて。あと、ガラス屋いたっけ？　いる？　すぐにガラス取りつけられるか聞いて。大丈夫？　無理させんなよ。ん？　ああ、あいつ、ガラス屋か。じゃあ、借り返せるって喜ぶだろうな。無理させていいや。俺もやるから、道具持ってきて。サンキュ。恩に着るわ」

元木は電話を切った。

「これから、みんな来てくれるから、綺士は帰っていいぞ」

「やだ」

綺士は首を横に振る。

「ガラスが割られただけとは限らないもん。中もめちゃくちゃになってるかも。だったら、ぼくも手伝えるし、被害状況がわかるまで、梃子《てこ》でも動かない！」

「すげー頑固。そういうとこもかわいい」

またキス。

だから、どうして逃げないのーっ！

五分もたたないうちに、人がわらわらと集まり始めた。元木先輩、ちわーっす、だの、おはようっす、だの言いながら、全員が深く頭を下げる。

すっごい後輩から慕われてるんだな、と微笑ましく思った。この人たち、全員が過去に暴走族だったんだろうけど、全然怖いと思わない。だって、元木がじいちゃんの前で言ったように、みんな、礼儀正しいんだもの。

「せんぱーい！」

すごい勢いで走ってきて、元木に飛びついたのがいた。

ちょっと！　その人、ぼくの！　離れて！

一瞬、そう考えて、そこではっとなった。

…いま、ぼく、なんて思った？　ぼくの、ってどういうこと？

え？　え？　え？

また頭が疑問符だらけになる。

…もしかして、ぼく、和剛さんのこと好きなの？　だから、キスされても逃げなかったの？

そういえば、じいちゃん家に行く車の中で、こんなことされたら女の子だったら恋に落ちちゃうよね、と思った。

女の子じゃなくても、恋に落ちたのだろうか。

あんなにかっこいいことされたら、好きになってもしょうがない？

「ようやく、俺に恩返しの機会が！　ガラスがいるんですよね！」

「離れろ、うっとうしい！」

元木がその人を追いやる。そのことに、ほっとする。

…やっぱり、ぼく、おかしい。

「玄関が割られた。今日中に直るか？」

「直しますよ！　まかせてください！　うちで一番腕のいい職人を連れてくるんで！」

「おまえがやるんじゃないのかよっ！」

「俺はまだ修業中ですよ。でも、父ちゃんも先輩には感謝してもしきれない、って言ってて、先輩がガラスがいるっていったら、いくらでも持ってけ！　って。だから、タダでいいっす」

「だめだ。保険が降りるから、そこはきちんと支払う。でも、今日中に直してくれたら、本当に助かるんだ。もし、やってくれたら、これで恩返しはおしまい」

「いやっす！　俺が一人前のガラス職人になって、自分の腕で恩返しするまでは継続っす！」

「…そういうことなら、しょうがねえな。でも、半分ぐらいは恩が減ったと思え」

「わかりました！　じゃあ、サイズ測って、職人連れてきますね！」

なんか、すごい親しそう…。楽しそうにしゃべってるし。

…これはやきもちなんだろうか。ちがうって、だれか言ってほしい。

その後輩は、さっさと割れた扉に近づいた。

「気をつけろよ！」

「ガラス職人の卵ですから。そういった準備は万端です」

ポケットから金づちのようなものを取り出して、割れ残ったガラスをきれいに落としていく。

「業務用のガラス掃除機も持ってくるんで、ガラス、そのままにしていてください」

「もう、それが恩返しでいいや。すげー助かる」

「まだまだですって！　はい、じゃあ、みなさん、ガラス踏まないように気をつけて、中に入ってくださいね。きっと中もぐちゃぐちゃ…きれいですね。ガラス割られただけみたいっす」

ガラス職人の卵は、きょとんと元木を見た。

「なるほどね。宣戦布告か」

「だれっすか？　俺ら、ぼこぼこにしましょうか？」

「いや、俺がやる。だから、このことは忘れろ。いいな」

「わかりました。じゃあ、掃除機動かすために、二、三人残ってもらえれば、それで大丈夫っす。さーっと家に戻って、さーっとまた帰ってきますんで！」

「親父さんにくれぐれもお礼を言ってくれよ?」

「親父も、おんなじこと言ってました。なので、相殺っすね!」

「バカッ！　こういうのは相殺になんねえんだよ！　いいから、お礼言っとけ！」

「わかりました！」

彼は元気に去っていった。

「というわけで、三人ほど残ってくれ。じゃんけんで負けたやつな」

すでに十人以上集まっていた後輩たちは、素直にじゃんけんを始める。

「綺士もこれで安心しただろ。帰っていいぞ」

「やだ」

綺士は首を横に振った。

「は？」

「ガラスがちゃんともとに戻るまで、ここにいる。じゃないと安心できないもん。ぼく、梃子でも動かないから！」

「さっきも聞いたぞ、それ」

「そこまで本気だってこと！」

本当は、あのガラス職人の卵とあまりにも仲がいいから、それがやだ、なんて言えない。これはやきもちなんだろうか。

また思う。そして、今度は答えがちがった。

…たぶん、そうだよね。やきもちなんだよね。

もう認めるしかないのかな。

「わかった。じゃあ、邪魔にならないように、その辺にいろ」

「はーい」

さすがに手伝いたいとは言わない。だって、足手まといになるのはわかっている。

そのあとは、ずっとみんなが働くのを見ていた。ガラス職人のところからは何人か人が来て、結構な人数になったけど、綺士が追うのは元木の姿だけ。

ああ、これは恋だ。

そう確信した。

だって、元木以外、視界に入ってこない。元木が動くたびに、綺士の視線もおなじ方向へ動く。

ずっと見ていたい。

そう思ってしまっている。

女の子だったら、恋に落ちてるよね。

車の中でそんなふうに考えたときには、きっと恋に落ちていたのだろう。

女の子だったら、じゃない。

ぼくが、だ。

ぼくが恋に落ちたんだ。

そうか。

ぼく、和剛さんのこと、いつの間にか好きになってたんだ。

でも、それにまったくとまどいなんてなくて。

当然のように思えた。

こんなかっこよくてすてきな人、好きになって当たり前なのだ、と。

そう、思えた。


「終了！」

元木の声が響いた。

「みんな、ありがとう！　ガラスも片づいたし、扉はきれいになったし、本当に感謝してる！　特に、山野辺《やまのべ》のとこの職人さんにはお世話もご迷惑もかけました」

元木が深々と頭を下げた。

へえ、あの人、山野辺って名前なんだ。

綺士は、ちりっ、とした痛みを感じながら、そう思う。

元木が山野辺を好きだとか、そういったかんちがいはしていない。ただ、兄弟みたいに仲良いのがうらやましいだけ。

これもまた、ある種のやきもちなのかな。

「とんでもない！　ぼっちゃんがまっとうになったのも、全部、元木さんのおかげですから！親父さんから、元木さんのとこだが、と言われたときに、すぐに駆けつけやした！」

いかにも職人らしいキップのよさだ。そして、元木がいろんな人に慕われているのが、すごく誇らしい。

自分のことじゃないのに。

「つぎにまたガラスが割られても、まかせてください！」

「すっごい嬉しいですけど、不吉なこと言わないでもらえますか？」

苦笑しながら言う元木に、どっと笑い声があがった。

みんなの中央にいるのにふさわしい人。暴走族にならなくても、普通にリーダーとしてみんなに好かれていただろう。

ぐれないからおかしい、って暴走族に入れた伯父さんもすごいな。会ってみたい。

「後日、うちで謝礼パーティーしますんで。そのときは、お酒を片手にやってきてください。

今日は本当にありがとうございました」

元木はさっきよりも深く頭を下げた。楽しみにしてるよ、とみんなが口々に言いながら去っていく。

その全員に手を振りながら見送って、元木は綺士のところにやってきた。

「退屈じゃなかったか？」

そうやって心配してくれることが嬉しい。

「ううん、全然。扉にガラスをはめるとことか、見てて楽しかった！」

美術好きとしては見逃せない。職人技と呼ぶのがふさわしい見事さ。まばたきも忘れて、じっと見ていた。こういう仕事がこれから先もずっと残っていってくれるといいな、と心から思う。

「あれは、俺も楽しかった。プロって、やっぱりすごいな」

「すごいねー」

二人で、うんうん、とうなずく。

「さて、これで綺士も安心しただろ？　運転手に連絡して、学校に戻れ」

「やだ」

今日、やだ、って何回言っただろう。

「やだ？」

「やだ、戻らない」

「え、じゃあ、家に帰る？」

「家にも帰らない」

綺士はそこで一呼吸おいた。

「ここに泊まる」

「…は？」

元木がまじまじと綺士を見る。

「泊まる？　俺、さっき言ったよな？　綺士が好きだし、一緒にいたら手を出すよ、って。手を出すって、襲うって意味だよ。襲うって、やらしいことするんだよ？　俺、本気だからな。わかってんの？」

「だから、泊まる」

綺士はまっすぐ元木を見返した。

「手を出してほしいから、泊まる」

伝わるだろうか。

元木が本気なように、自分も本気なのだと、ちゃんと理解してもらえるだろうか。

「本当に本当の意味で言ってんの？　どういうことするか、ちゃんと知ってる？」

知ってる。実際にそういう行為をしたことはないけれど、きちんと理解している。学ぶのが好きなのは、どういう点においてもだ。特に性行為という分野に関しては、だれだって興味を抱くだろう。

綺士だって例外じゃない。

だから、いろいろ研究した。何も知らないわけじゃない。

「知ってるよ」

じっと元木を見たまま。元木は何かを探るように綺士から視線をそらさない。

しばらく、そうやって見つめ合っていた。

「なら、いいよ」

どうやら、わかってくれたらしい。

綺士が本気なこと。元木とおなじ意味で求めていること。

ああ、よかった。

「手を出させてもらう」

元木が、ひょい、と綺士を抱き上げる。

「なっ…！」

びっくりして、綺士は元木にしがみついた。

「降ろしてよ！」

「いやだね。初夜だから、俺がお姫様抱っこして二階まで運んであげる」

けさせよう」

「全然重くない。むしろ、軽すぎるぐらい。俺の作ったうまいメシをもっと食わせて、肉をつけさせよう」

「やだ！」

綺士は元木の胸を、ドン！　と叩く。

「いてっ！　なんだよ！」

「軽くてお肉がついてないぼくは好みじゃないんだ！　だったら、泊まらない！　帰る！」

悲しい。すごい勇気を振り絞ったのに。元木もわかってくれたと思ったのに。

その体は好みじゃない。

そんなことを言われるなんて。

「あー、なるほど」

元木はくすりと笑った。

「綺士はかわいいな。重いって遠慮するから、冗談を言っただけなのに」

「え…」

冗談？　なのに、ぼくは真に受けて、元木に噛《か》みついたの？

恥ずかしいよーっ！　ぼく、自分で思っている以上に緊張してるんだ。だから、ちょっとしたことが気になって、こんなふうになっちゃうんだ。

和剛さん、あきれてないかな…。

「俺は、綺士の全部が好みなんだよ」

元木がやさしい笑顔で綺士を見る。

あ、大丈夫。

すぐにわかった。

あきれられてもないし、きらわれてもない。

よかった…。まだ好きでいてくれてる。

「ごめんね。ぼく…過剰に反応しちゃって…」

しゅんとしてたら、こつん、と額を合わせてくれた。

「いっぱい過剰に反応していいし、いやだったらいやって言っていい。俺が全部受け止める。

綺士はいい子でいる必要はないんだ」

どうしよう。泣きそうだ。

こんな大きな心の持ち主が、すごくすてきな人が、好きになってくれた。そして、いまも甘やかしてくれている。

そのことが、とても幸せ。

「あと、もうちょっと太ってほしい、っていうのは正直な気持ち。でも、それは好みの問題じゃなくて、綺士があまりにも軽すぎて、どこかに飛んでっちゃいそうな不安があるから。ただ、それだけ。悲しませたならごめんね」

「そうだよ…。ぼく、和剛さんのこと好きなのに、だから泊まるって言ったのに、軽すぎるからやだって言われたら悲しいよ…。やっぱり、帰ろうかな…」

ちゃんと説明してもらって、それでもう安心してるのに。むしろ、言われたことは嬉しいのに。

なんとなくすねていたくて、そんなわがままを言ってみる。

「さっき謝ってたくせに、急に強気に出たな」

「強気じゃないもん。弱気だもん」

いや、ちがう。半分脅しになっていることは自分でもわかっている。

「弱気なんだ?」

「そう、弱気。だから、帰る」

帰りたくない。引き止めてほしい。

「帰らないで。あ、ちがった。絶対に帰らせない」

…よかった。嬉しい。そう言ってほしかった。

「それよりさ、綺士、俺のこと好きなんだ?」

唐突にそう言われて、綺士はきょとんとする。好きじゃないと、泊まったりしないよ?

「言葉にしてくれたの、いまが初めてだから。俺のこと好き？」

綺士は、こくん、とうなずいた。

好き。大好き。

「なんで？　かっこいいから？　いい男だから？　顔がいいから？」

全部おなじ内容で、そして、すべて見かけについて。たしかに、元木はかっこいい。そこも好きだ。

でも、好きになったきっかけはちがう。

「ぼくを守るって言ってくれたから」

命を狙われているにしては、たしかに、綺士はのんびりしている。でも、不安がないわけでも、怖くないわけでもない。

たぶん、脳が考えないようにしているのだ。そのことばかりに気を取られていたら、おかしくなってしまいそうだから。

そんな綺士を、守る、と言ってくれた。そして、実際に、じいちゃんに直談判《じかだんぱん》してくれた。

口だけじゃなくて、行動でも示してくれた。

顔が好き。そこは嘘をつかない。

でも、中身のほうがもっと好き。

いろんな人に慕われて、いろんな人の中央で笑っていて、いろんな人のために自分を犠牲にできる。

こんな人、初めて会った。

たった二回、それも一週間前に会ったばかりで、こんな結論を出すのは早いだろうか。

早くてもいい。

だって、いつ死ぬかわからない。それは、命を狙われているから、とかじゃなくて、元木の両親のように不慮の事故にあうことだってある。

ある日突然、会えなくなる。

その可能性は絶対になくならない。

だったら、好きな人が好きになってくれた、その幸せを受け入れたい。

「守るよ」

元木がやさしい目で綺士を見た。

「絶対に俺が綺士を守る」

「うん」

綺士は手を伸ばして、元木の頬を触る。

「守ってね」

元木がいれば大丈夫。

そう信じる。

能天気でも楽天家でもいい。

好きな人が守るって言ってくれたんだから、それを信じる。

心から。


お姫様抱っこのまま、二階へあがった。二階にはリビングダイニングキッチンと、部屋が三つある。そのうち、ひとつの部屋に入った。

「ここ、和剛さんの部屋？」

「そう。いまは寝るためだけにあるけどな」

言われてみれば、生活感はあまりない。

「今日もこれから寝るし」

元木がにやっと笑う。

「…ばか」

もー、恥ずかしいよ。

「あ、その言い方かわいい。はい、ベッドに着きました」

元木はそっと綺士をベッドに降ろした。

「俺が脱がせる？　自分で脱ぐ？」

どっちがいいだろう、と想像してみて、自分で脱いだほうがまだ恥ずかしくない、という結論に達した。綺士は無言で洋服を脱いでいく。

下着はどうしよう。これも、自分で脱いだほうがいいか。でも、見せるのは恥ずかしいから、布団の中に潜ってから脱いじゃえ。

綺士は布団の下に潜り込むと、そこで下着を脱いだ。

「布団の中に入っちゃったんだ？」

「…恥ずかしいもん」

「はがしていい？」

「だめっ！」

綺士はぎゅっと布団を握りしめた。

「だめか。じゃあ、俺も布団の中に入ろう」

元木が近づいてきて、綺士は何気なくそっちを見た。

「ひっ…」

思わず、そんな声がこぼれる。

「うわー、その悲鳴はショックだ」

「だ…だって…和剛さんの…おっきくなってる…」

綺士の頬が、ぱあっと赤く染まった。他人のペニスなんて見たことがないから、自分のと形も大きさも何もかもちがうことにびっくりする。元木のほうが綺士よりも大きくて太くて長い。色は赤黒くて、先端が少し大きめだ。

綺士のはというと、全体的に細くて、色はピンクに近い。すでに屹立《きつりつ》している元木のとはちがって、緊張と恥ずかしさでまったく変化していない。

「そりゃ、なるだろ。これからやらしいことするんだし。あ、これで、綺士の体が好みじゃなくない、むしろ、そそられてる、ってわかってくれた？」

「う…うん…」

最初、すごく驚いていたのに、いまは元木のペニスから目が離せない。

あれが、ぼくの中に入ってくるのか。

そう思うと、怖い。でも、怖いだけじゃない。嬉しい気持ちも当然ある。

「お邪魔します」

元木が布団をめくって、中に入ってきた。

「あ、綺士、肌が真っ白できれい」

ちらり、と綺士の裸を見て、そんな感想を漏らす。

「え…と…ありがとう…？」

ほめられたんだよね？

「確認するけど、本当にいいのか？　まあ、いやだ、って言われてもやめないけどさ」

綺士はその言葉に、ぷっと噴き出した。

「じゃあ、聞かなきゃいいのに」

あ、ようやく緊張が少しほぐれてきた。

「いいよ、って言ってほしいだけ」

そっか。もしかしたら、元木も不安なのかもしれない。

綺士の本気を何度でもたしかめたいのだろうか。

だったら、いくらでも言う。

「いいよ」

綺士はにこっと笑った。

これで安心してくれればいい。

「そっか。よかった」

「あのね、和剛さん」

「ん？」

「好きだよ？」

だから、これからされることは怖いけど幸せ。

「俺も大好き」

元木が目を細めて、本当に愛《いと》おしそうな表情を浮かべてくれた。

それだけでいい。

それで、もう十分。

たくさんキスをして、元木は綺士の緊張をほぐしてくれた。そのまま唇をずらして、首筋から胸元へと移動していく。

ちゅっ。

乳首を吸い上げられて、綺士の体が跳ねた。

「あっ…そこ…くすぐったい…っ…」

「気持ちよくない？」

「わかんなっ…」

ちゅっ、ちゅっ、と左右交互に吸われる。じん、としたしびれのような感覚が体を駆け巡った。

「んっ…あっ…」

「今度、じっくり開発してあげるよ。ごめん。今日は余裕がないんだ。早く、綺士とつながりたくてたまらない」

熱い目で見つめられて、綺士は、こくん、とうなずく。

ぼくもそうだ。早くひとつになりたい。

これは現実なのだ、と。

元木とセックスをするのだ、と。

実感したい。

「ローション使うね」

どこに隠していたのか、元木が小瓶を取り出した。

「ローション…？」

「濡《ぬ》れないところを濡れたような状態にするもの。これ使わないと痛いから。あと、使っても痛いと思う。だから、先に謝っとく。ごめんな」

ちゅっ、とキスをされる。

「うん、大丈夫」

痛いのが大丈夫なわけじゃない。痛いのはいやだ。

でも、それしかつながる方法がないんだから、大丈夫。

「じゃあ、準備するよ」

元木が布団の中に潜り込む。

「足を広げてくれるか？」

綺士はそろそろと足を左右に開いた。

「もうちょっと」

布団の中だから見えてない。

それだけを救いに、綺士はもっと足を広げる。

「あ、そのぐらいでいいよ」

がさごそと元木が動いている気配がする。

「少しひんやりするから」

どこが？　と思ったら、入り口に指を当てられた。

「あぁっ……！」

自然とそんな声がこぼれる。

「ここは気持ちいいと思うんだよな」

元木が入り口に指を当てたまま、上下に動かした。

「んっ…やぁっ…」

たしかに、じんわりと気持ちいい。

「あ、よかった。気持ちよさそう。少し開いてきてる」

元木は中に入れないまま、入り口を、ぐるり、と指で撫で回す。

「はぅ…ん…」

これまで感じたことのないものが、じわじわとそこから全身に広がっていく。

「いいね。ちょっと、ひくん、ってした。じゃあ、そろそろ中に入れるから」

元木の指が中に入ってきた。

「んんんっ……!」

その瞬間、気持ちよさがきれいに消えて圧迫感がすごくなる。

「痛い?」

「痛い…っていうか…きつい…かな…?」

「いっぱいになってる感じ?」

こくこく、と大きくうなずいて、ああ、見えないんだと思い出した。

「うん…そんな感じ…」

「そっか。もうちょっと待って」

元木の指が綺士の内壁をまさぐる。

「んっ…んっ…んっ…」

指の位置が変わるたびに、強烈な違和感が襲ってきた。自分の中に何か入ってるって、すごく変な感じ。

「このあたりかな?」

元木の指が入り口付近のどこかをかすめた。

「いやぁぁぁぁっ…!」

綺士の体が、びくびくっ、と跳ねる。

「あ、ここだった」

「やっ…これ…何…っ…！　怖いっ…」

「前立腺っていって、だれでも気持ちよくなるところ。だから、快感に身をゆだねていいんだよ」

「わ…かった…」

自分でするときとは、まったくちがう快感。中からじんじんと外に響いてくる。

元木がそこを、ぐりっ、と押さえた。

「やぁあっ…あっ…あぁん…」

また、びくびくっ、と体が勝手に跳ねてしまう。

「綺士の勃《た》ったかな」

元木の手が綺士自身にも伸びてきた。軽く握られて、綺士は大きく体をのけぞらす。

「だめっ…そっちも触ったら…おかしくなっちゃっ…」

「うん、ちゃんと勃ってる。ここ、ぬるぬるしてるね」

ペニスの先端を指の腹でこすられた。

「ひっ…ん…もっ…そこ…やだぁ…」

「イキそう？」

「わかんない…けどっ…やだっ…」

「このあとは痛いだけだろうから、いまのうちに気持ちよくしてあげたい。一回イッてもいいよ?」

「やだやだやだやだ!」

一人で先になんて、絶対にやだ!

「もっ…入れてぇ…和剛さんとひとつになりたいっ…!」

「うわー。俺の理性を一言で打ち砕いた。もうちょっと綺士にご奉仕したかったのに」

「しなくていいっ…からぁ…つながりたいのっ…!」

「綺士が悪い」

元木が綺士の中から指を引き抜く。そこに熱いものが当てられた。元木が布団から顔を出す。

「本当にいいのか?」

「うん」

綺士はしっかりと元木と目をあわせてうなずいた。

「本当の本当に?」

「うん」

目をそらさない。

「わかった。じゃあ、痛いけどごめんね」

ぐいっ、と入り口が左右に開かれて、そこに元木の先端が潜り込んできた。

「………っ」

声が出ないほど痛い。

「ほら。痛いよ、って言ったのに」

「だ…じょ…ぶ…」

痛いけど、いやじゃない。だから、大丈夫。

「まだ先っぽすら全部入ってないよ？」

「全部…入れて…いいよ…？」

にこっと笑ったら、元木がちゅっとキスをくれた。

「かわいい。本当にかわいくてたまんない」

元木のペニスがまた奥に進む。

「んんんっ…」

痛い、痛い、痛い。

でも、幸せ。

元木とひとつになれることが、本当に嬉しい。

ゆっくり時間をかけて、元木はすべてを埋め込んだ。二人とも、全身に汗をかいている。

「入ったよ」

「…嬉しい…な…」

綺士は微笑んだ。

痛いよりも、幸せで嬉しい。

ぼく、本当に和剛さんが好きなんだ。

「でも、残念なお知らせ」

「な…に…?」

「このあと動きます。もっと痛くなります」

「いいよ…?」

こすらなきゃ気持ちよくならない。そんなことわかっている。綺士だって、自分でするときは激しくこするんだし。

「ごめんな」

「謝らないで。ぼく、幸せなんだから。謝っちゃだめ」

「わかった。じゃあ、謝らない。謝らずに、綺士で気持ちよくさせてもらう」

「うん、そうして」

それが嬉しい。

元木が動き始めた瞬間、やっぱり謝ってもらったほうがよかったかも、という考えが頭をかすめた。

そのぐらい痛い。さっきの比じゃない。

いっぱいに広がった内壁を、元木のペニスが出入りする。きしむような痛みが絶えず襲ってくる。

「謝ろうか?」

元木がいたずらっぽい表情で綺士を見ていた。綺士の表情で、どれだけ痛いのかわかるんだろう。

「謝ったら…もう二度としないっ…」

意地でそう口にした。

「じゃあ、謝らない。いっぱいしたいしな」

元木はゆっくりゆっくり、ペニスを抜き差しする。いつまでつづくのか、気が遠くなりそうだ。

「あ…出る…」

元木がかすれた声でそう告げたとき、ようやく終わるんだ、と安堵《あんど》した。

それと同時に、ものすごい幸福感が襲ってきた。

つながれた。

そのことが、本当に本当に幸せ。

元木の温かいものが綺士の中に注ぎ込まれた瞬間、綺士はぎゅっと元木にしがみつく。

「どうした…？」

イッたばかりで、まだ荒い息のもと、元木が心配そうに聞いてくる。

「ここにいるんだな、って実感してた…」

そう、元木がここにいる。

それをたしかめたかった。

「いるよ。どこにもいかない。これからも綺士のそばにいるし、綺士を守るから」

「うん…うん…」

つーっ、と綺士の目から涙がこぼれた。

嬉し涙って本当にあるんだな、とぼんやり考える。

それは、なんてすごいことなんだろう。

この人を好きになってよかった。

好きになってもらえてよかった。

胸がいっぱいで何も言えない。でも、気持ちは伝えたい。

だから、ただ抱き合っていた。

おたがいの温《ぬく》もりを伝えるように、ずっとずっと抱きしめ合っていた。

5

「あっ…あっ…あっ…」

綺士は大きく体をのけぞらせた。

「気持ちいい?」

「気持ちいっ…」

ぎゅっとシーツをつかんで、絶頂を迎えるのを耐えようとする。乳首をきゅっとつままれて、そんな努力もムダになった。

「あぁぁぁぁっ…!」

綺士は白いものを勢いよくこぼす。

「俺も出すよ」

ガンガンと打ちつけられて、綺士はそれにあわせるように腰を動かした。どくん、と中に温かいものが注がれる。

「はー、気持ちよかった」

元木がペニスを抜いて、綺士の隣に体を横たえた。綺士は元木の上に体を乗せて、じっと元木を見る。

「どうした？」

「好きだなあ、って思って」

綺士はにこっと笑った。

「俺も好きだよ」

ちゅっ、と元木がキスをくれる。

初めて結ばれた日から、もう一ヶ月以上が過ぎていた。週末になると、元木の家に来る。もちろん、家にも帰る。

土曜日、お昼ごはんを食べさせてもらってから、お店の中休みを使って二人で過ごす。夕方には家に帰って、一泊して、早めに家を出て、元木のところにまたやってくる。日曜はお店が休みなので、二人きりでゆっくりできるのだ。日付が変わるぎりぎりぐらいまでいて、それから学校に戻る。

一度、今週は帰れない、と親に嘘をついて、元木の家に泊まった。一泊二日、ずっと元木のところで過ごせる幸せはこれまでに経験したことがないようなもので。これは一ヶ月に一回だけにしよう、と二人で話し合った。

そうしないと、毎週、元木のところに泊まりたくなってしまう。

元木がじいちゃんのところに乗り込んだあと、綺士はまったく命を狙われなくなった。最初のうちは、ただ単に見つかってないだけだ、元木のところに寄ることが隠れ蓑《みの》になって、みんな、綺士を見失っているにちがいない、だったら、ラッキー、と軽く考えていた。でも、日がたつにつれて、あ、これは、ようやくじいちゃんがみんなに伝達してくれたんだな、と安心してしまった。

本当の本当に、じいちゃんもあきらめたんだ、と。

綺士の命を狙ってもどうにもならない、と。

そんなわけがなかった。

元木にあんなことを言われて、じいちゃんがおとなしくしているはずもなかった。

じいちゃんの怖さを知っていたはずなのに、本当に自分は甘い。

とことん、甘い。

ドン！

そんな音がした。そのあとすぐにぐらぐらと揺れて、地震かと身構える。

バリバリバリ、ドシャーン！

何かが割れる音。

「下だ！」

元木が慌てて階段を駆け降りる。綺士もそれにつづいた。元木は階段の途中で止まっている。

「どうし…」

綺士の言葉も、そこで止まった。軽自動車がお店に突っ込んできていたのだ。

運転席にはだれもいない。ただ、車が扉を壊して中に入ってきている。

こんなことをする人、一人しか知らない。

「あきらめてなかったんだ…」

綺士はぽつんとつぶやいた。

悔しいのと悲しいのと申し訳ないのと、いろんな感情がごちゃまぜになって、泣き出してしまいそうだ。

「ごめんね…和剛さん…ぼくのせいで…」

「ちがう。綺士は何にも悪くない。でも、あったま来た。これは、さすがにやりすぎだろ！ちょっといろいろ手配して、あのじじいと対決してくるわ」

「え、だめだよ！」

それを望んでるから、じいちゃんはこんなことをしたのだ。元木が怒って乗り込んでくるのを、いまかいまかと待ちわびている。

「じいちゃんの手に乗っちゃだめ！」

「乗らねえよ？」

元木はにやりと笑った。

「カタつけてやる」

そう言って、スマホを取り出す。

「あ、ヨッシー、俺。ちょっと店に車が突っ込んできてさー」

ヨッシーというのは、元木が総長だったときの副総長で、すごく仲がいい。ヨッシーさんもきっぱり足を洗って、綺士でも知ってる有名企業に勤めていた。

「うん、それで、警察沙汰にせずに片づけてほしいんだわ。あ、できそう？　よろしく」

え、できるの？

ヨッシーさんは、もしかしたら、すごい権力者の息子なのかもしれない、と思うときがある。してくれることのスケールが、普通の人だったら無理なことだったりもするから。

でも、そういうのは聞かないでおく。

元木の友達のヨッシーさん。

それでいい。

「あ、いたか。俺、俺。またガラスが割られた、っていうか、今度は扉ごと吹っ飛んだけど、どうにかなるか？」

あ、ガラス職人の卵さんだ。名前忘れちゃった。

「そう、木の枠ごと。もし無理なら…どうにかする、と。サンキュ。俺、出かけるから、あと頼むわ。今日中とか無理言わないから、よろしく」

そこで終わりかと思ったら、また別の人にかけている。

「よう、俺だよ、俺。久しぶり！　バイク貸してくんね？　うん、大型。いますぐ持ってきてくれると…超特急でいく？　サンキュ」

すごいな。ちゃんとみんな、和剛さんの頼みなら何でも聞いてくれる。

それだけの信頼関係がうらやましい。

「バイクを借りて…」

どうするの？　と聞こうとしたら、元木が止めた。

「ちょっと待って」

そう言って、元木はまた電話をかける。

「もしもし、ご無沙汰しております。あ、いえ、そっちの件は大丈夫です。そうじゃなくて、俺の店に車が突っ込んできたので、もうそろそろどうにかしようかと。あ、準備できましたか？　だったら、いまから行きますので、よろしくお願いします」

だれ？　これまでとちがって目上の人だ。

「じゃあ、俺、あのクソジジイと対決してくるから、ここでおとなしく待ってな。ヨッシーに見張りを頼んどくから、安心していい」

「ぼくも行くよ！」

綺士はぎゅっと元木の腕をつかむ。

「置いてくなら…」

どうしよう。なんて言えば連れてってもらえる？

「しばらくここに来ないから！」

…ん、絶対にちがう。

「そこは、別れるから、ぐらいの脅し文句使えよ」

元木が苦笑する。

「それはやだ！　別れたくないもん！　嘘でもやだ！」

そして、それが脅し文句になることにびっくりした。

でも、一生使わない。そんなことで、言うことを聞いてもらいたくない。

「そういうとこ、かわいいよな」

元木が綺士の頭を撫でた。

「ついてきたい？」

「ついていきたい！」

「バイクの後ろ乗れる？」

「乗れる！」

そう答えてから、え、と自分で驚く。

乗れないよね？　乗ったことないもんね？

「乗れるなら連れてってやる」

「乗れるよ！」

どうやら、バイクで乗り込むつもりらしい。

「うーっす！　車が突っ込んだ…って、マジで突っ込んでるー！」

ヨッシーさんだ。

「なんだ、これ！　すっげーな」

ヨッシーはいつも冷静だから、こうやって驚いているところを見るのはめずらしい。

「そう。机とかぐちゃぐちゃだからさ。それも買って揃《そろ》えてほしい。できるか？」

「できるけど、時間と人数と金かかるぞ」

「いくらでもかけてくれ。お礼はちゃんとするから」

「おう、それならまかせとけ。で、姫連れて、出かけんの？」

なぜかヨッシーは、綺士のことを姫と呼んでいた。からかっているわけではないので、別にいやな気はしない。元木がちゃんと、綺士のことを、俺の大事なやつ、と全員に紹介してくれたので、みんながそうやってあつかってくれる。そのことが本当に嬉しい。

綺士も仲間に入れてもらえたようで。

「そう。ホントは留守番しててほしいんだが、無理らしい」

「無理に決まってるよ！」

ここで一人で待ってるなんて、絶対にやだ！

「こんちはー！　ガラス…車突っ込んでる！」

ガラス職人の卵さんだ。

「どうしたんっすか！」

「ちょっとな。そのカタつけにいくから、扉は頼んだ」

「全部、ぱっきりいってるから、新しいのにしますね！　こういうこともあろうかと、実は作ってあるんです」

「山野辺えらい！」

「山野辺さすが！」

元木とヨッシーが二人でほめる。

そうだ。この人、山野辺さんだった。

ブオンブオンと外でエンジン音が鳴った。あ、この人は初めて会う。

「先輩の愛車、持ってきましたよ」

「悪いな。二時間後ぐらいには返すから」

「いいです、いいです。しばらく借りといてください」

「いや、乗らないし、置き場所ないからいらない」

「そうっすか。じゃあ、戻ってきたら連絡ください。しっかし、車が店に突っ込むって、すごいですね。抗争っすか？」

「似たようなもん。ところで、メットふたつある？」

「先輩にいい人できたって聞いたんで、入れてあります」

「あ、このかわいいのが、そのいい人」

紹介されるときは、いつも緊張する。元木はまったく気にしてないけれど、綺士は男だ。普通は女性だと思うだろう。

「へえ、ホントにかわいいっすね。どうも、八橋《やつはし》です」

手を差し出されて握手した。これまで、え？　と驚いたり、いやそうな顔をされたことがない。それに、いつもあったかい気持ちになる。

元木を慕ってくれる後輩たちは、みんないい人だと思えるから。

「俵崎です。よろしくお願いします」

姉小路なんて名乗りたくもない。だから、ここでは本来の名前にしている。

「綺士、行くぞ」

「うん！」

元木につづいて、外に出た。扉なんてあってないようなものだから、簡単だ。

「メットかぶって、俺にしっかりつかまってろ。あと、バイクの傾く方向に体重乗せてくれるとありがたい。斜めになると怖がって、逆方向に動こうとするけど、それ危ないから」

「わかった」

バイクの傾く方向だね。がんばろう。

ヘルメットをかぶって元木が、ひらり、と前に乗る。

かっこいいいいいいい！

心の中でそう叫んだ。

和剛さん、すごくかっこいい！

綺士も同じようにヘルメットをかぶり、これでいいのかどうか確認してもらって、後ろのシートに座った。

「つかまれ」

綺士はぎゅっと元木の腰に手を回した。

わー、これ、すごいロマンチックじゃない？　バイクに二人で乗るっていうシチュエーション、いいよね。

「飛ばすぞ」

元木の言葉にうなずく。

バイクでドライブ、楽しみだ！

「もう二度と乗らない…」

じいちゃん家に着いたときには、息も絶え絶えになっていた。バイク、すっごい怖かったよー！　傾いている方向に体重乗せるのとか、怖すぎてできなかったし！　飛ばすから、風がとんでもない勢いで当たるし！　ロマンチックとはかけ離れてるよ！

バイクから降りて、地面を踏みしめた瞬間、ちょっと涙が出た。

ぼく、無事だった！

「だから、言ったのに。家でおとなしく待ってな、って」

「それはやだ！　でも、帰りはタクシーにする」

「帰りはゆっくり運転してやるから、慣れるために乗ってけ。またバイクで駆けつけなきゃならないときがくるかもしんねえし」

まあ、たしかに、車呼ぶよりも早かったけど。

「さ、中入るか」

バイクを玄関前に止めて、綺士がノックもせずにドアを開ける。執事が慌てて飛んできた。

「あいつ、どこ？」

「あいつ、と申されますと？」

「クソジジイ」

「そんな方、いらっしゃいません」

執事は顔をゆがめる。どうやら、むっとしているようだ。

「じゃあ、勝手に探すわ。おーい、来てやったぞ、出てこい、クソジジイ！」

右に向かって歩き出した元木に、執事は急いで追いついた。

「応接間がございますので、そちらへ」

「へー、今回は応接間か」

元木はのんきに答えている。

店に軽自動車で突っ込まれて、どうして、こんなふうに平然としていられるんだろう。元木と一緒に過ごせば過ごすほど、すごいなあ、と感心することばかりだ。

「お客様です」

執事は応接間に入って、そう告げた。

「ああ、入ってもらえ」

一ヶ月ぶりのじいちゃんの声。全然なつかしくない。というか、もう一生聞かなくてもいい。

「うーっす」

元木が軽い感じで入っていく。

「死に損ないのクソジジイ、元気だったか？」

「おや、ごきげんだな。最近、変わったことはないかい？」

「店に車が突っ込んだぐらいだな。そんなことしなくても、呼びだせば来てやったのに。かかった費用、全部請求するわ」

「いいだろう」

これは、じいちゃんが認めたということになる。

最初から口調とは裏腹に、バチバチした空気が流れていて、綺士はじっとしていることしかできない。

競争心がない。

こういうときにそれを実感する。

だって、この二人は平気そうだけど、ぼくは怖いもん！

「そのかわり、うちの跡継ぎになりたまえ」

「は？」

「…え？」

あまりにも予想外すぎる言葉に、元木も綺士も驚いて、思わず声を漏らした。

「きみのことはこの一ヶ月、じっくり調べさせてもらったよ。わしが求めているのは、きみのような人材だ。頭がキレて、リーダーシップがあって、面倒見がよくて、負けずぎらい。きみにならうちの会社をまかせられる。どうだ、地位と権力と金を手に入れてみないか」

「手に入れてみねえよ。俺は食堂でうまいメシを出して、みんなが、あー、うまい、って幸せそうな顔して食べてるのが見れれば、それで満足なんだ。だれもが地位とか権力とか金になびくと思うんじゃねえよ」

元木が、けっ、と吐き捨てた。

そうだろうなあ、と思うし、そう言える元木がすごくすごく好き。

元木は、あの食堂をとても大事にしている。

おいしいもの作って、それをみんなに食べてほしい。

それが一番の原動力。

でも、それと同時に、仕事がない後輩がお金に困らないようにバイトとして雇ってあげるのも原動力のひとつではあると思う。仕事をさせて、自分はちゃんとお金を稼いでる、と自信をつけさせて、人との接し方も教えて、一人前の大人にさせていく。もちろん、ずっとバイトとしてやっていかせるつもりなんてないから、後輩一人一人に適した仕事を見つけてあげる。それにはヨッシーも関わっていて、やっぱり、あの人は権力者の息子だったりするんだろうな、と思うのだ。なんとなく、おなじ匂いがするし。

もともと親がやっていた場所から移動しないのも大きい。昔の常連さんがなつかしがってやってくることもあるし、後輩たちだって困ったことがあれば、あの場所に来ればいい。何年ぶりかの再会というのを、この一ヶ月で何度か見た。

人と人のつながり。

それも、元木は大事にしている。

跡継ぎなんかになるわけがない。

「まあ、そう簡単には引き受けないだろうと思ったよ。だから、条件を出そう。きみが引き受けてくれるなら、綺士には手を出させない。それが望みだろ？」

「まあな」

元木は肩をすくめた。

「けど、別にいいや。あんたに頼まなくても解決しちゃったし」

「この一ヶ月、綺士が襲われてないことか？　あれは、わしがストップをかけてるからで…」

じいちゃんの言葉を元木がさえぎる。

「そんなのはわかってんだって」

じいちゃんがむっとしたように元木を見た。

「わしはまだ…」

それもまたさえぎる。

「俺が欲しかったのは、その一ヶ月なんだよ。その間だけ、綺士が狙われないでいてくれればよかった」

「どういうことだ？」

じいちゃんは眉をひそめた。笑顔じゃないなんて、めずらしい。

「最初にあんたに会った瞬間、あ、これは、俺を跡継ぎにしたい、と思わせれば全部解決するな、ってわかった。あんたが欲しがってるのは、さっきも自分で言ってたように、頭がキレて、リーダーシップがあって、面倒見がよくて、負けずぎらいなんだろ？　ま、そんなに演技をしなくても、俺の素がそんなだから苦労はしなかったな。ちょっと挑発しただけで、あんたはまんまと俺のことを気に入った。慎重派だって聞いてたから、俺のことを調べるのに一ヶ月は費やすだろう、という予測のとおり、今日になったわけだ」

元木の言っていることはよくわからないけど、じいちゃんよりも元木が優勢なのはわかる。だって、じいちゃんはまったくしゃべってない。

「綺士に手を出させないで、その安心感を覚えさせて、引き受けなければまた狙う、ってやろうと思ったんだろ？　だけど、残念。俺は俺で動いてたんだよ。何もしないで待ってたわけじゃない」

動いてた？　何をしたの…？

「困ります！」

ふいに廊下が騒がしくなった。

「大和《やまと》さま！　ただいま、お客様がいらっしゃいまして…」

執事の声とともに入ってきたのは…だれ？

「やあ、父さん。久しぶり。一年ぶりぐらいかな？」

父さん、ってことは、これが噂の息子さん！　じいちゃんが無能だと断言する、でも、ちゃんとがんばってる気の毒な人だ。

姉小路家の集まりにいたことがないので、顔を知らなかった。

「大和。いったい何だ。最近は業績が上向いてるというから安心しておったのに、また何かやらかしたのか」

じいちゃんが冷たい視線を向ける。普段とは全然ちがう雰囲気。

ぞわり、となった。

これは恐怖じゃない。嫌悪感だ。

だって、あの目は自分の息子に向けるべきものじゃない。

「そうだね。やらかしたというか、やってやったというか。父さん、会長を降りてもらうよ」

息子さんは、ぱさっ、とじいちゃんの前に書類を投げた。

「は？　おまえはバカか。わしがいなくて、会社が回るとでも思ってるのか。バカだバカだと思っておったが、そこまでバカとはな」

じいちゃんの目が冷たく光った。

うわ…、こんなこと親から言われるのか。ぼくだったら、泣いて逃げる。縁を切って、一生関わり合いたくない。

「バカなのは、あんただよ」

えええええ！　和剛さん、なんで口を挟んでるの！　怖いから、やめてー！

「大和さんは、あんたとちがうやり方なら能力を発揮できたんだ。この一ヶ月、急激に業績が上向いたの、なんでだと思う？　俺もさ、あんたに負けず劣らず、いろいろ調べたんだよ。で、大和さんに近づいて、あんたの親父を倒したいんだけど、って言ったら、ぼくもです、って笑うから、二人で組んだわけ。あんた、さっき言っただろ？　俺が跡継ぎに向いてるって。そう、俺、実は向いてんの。この一ヶ月、大和さんと一緒に動いてわかった。どうやればうまくいくか、すぐにわかったもん。大和さんにのびのびと好きなようにやらせる。それだけ。そして、業績はきちんと上昇して、株主のみなさんに、実はじいちゃんとか名乗る老害が口出ししてたおかげで儲《もう》けが少なくなっていて、配当も下がってしまった、あれが上にいる間はどうにもならない、って、これまでの業績と比較して、きちんと説得したんだよ。株主って強いよな。自分が儲かるためなら、あんたを切れるんだから」

はあああああ？　この一ヶ月、そんなことしてたの⁉　でも、週末はほとんどぼくと一緒だったよね？　平日、お店をやりながら、この計画も進めてたってこと？

すごくない？　本当に跡継ぎになれば…いや、だめだ。おいしいオムライスが食べられなくなる。それに、姉小路家には関わってほしくない。

「その書類にあるとおり、父さんは会長を退任させられた。これからは、父さんの大好きな地位も権力もなくなるけど、お金だけはたくさんあるから、好きなことをして悠々自適に暮らしてね。そして、ぼくと会うことは二度とない」

大和はじいちゃんに負けず劣らず、冷たい目をしていた。

大和の気持ちはわかる。自分が不当にあつかわれていたことへの怒りだ。

「あーはっはっは！」

じいちゃんは大声で笑う。

「あっぱれだ！　このわしを出し抜くとはな。そういうやつこそ、跡継ぎにふさわしい。どうだ、大和、これから祝杯をあげないか？」

「ぼくはね、父さんに認められたい一心でがんばってきたんだよ。でも、認められなくていいって気づいたんだ。元木くんのおかげでね。そして、これまでのことを振り返って、こんな親ならいらない、ってことも気づいた。だから、二度と会わない。お別れだよ」

大和は一転して、憐《あわ》れむような表情を浮かべた。

ああ、本当に二度と会う気がないんだ。

それがわかる。

そして、それが一番いい。

綺士もずっと、じいちゃんの息子さんへの態度はひどいと思っていた。綺士だけじゃない。

たぶん、全員が思っていた。

大和さんが本当の意味でトップに立ったら、みんな、大和さんにつくだろう。それは、大和さんがいい人だから、とかではない。

トップだからだ。

上流階級とは、そういうものだ。とてもバカらしくて、とても残酷。綺士は、そこに属している。いやだな、とは思うけど、抜けるわけにはいかない。これから綺士が学ぶことには、たくさんのお金がかかる。それに、親もそこに属している。

だけど、和剛さんがいるから。

そういう世界だけじゃないよ。こっちも楽しいよ。

それを教えてくれる人が、ぼくにはいるから。

うまくバランスをとれればいい。

お金を持っていることがすべてじゃない。権力なんてなくてもいい。それでも、幸せな生活は送れる。

そのことは、きちんと覚えておきたい。

「どうせ、すぐにわしに泣きついてくるだろう。その日を楽しみにしている。それまでは会長じゃなくなるだけだ」

ああ、この人はわからないんだなあ。とても気の毒だなあ。

綺士はしみじみと思った。

いま、親子の縁が切れたのに。細くつながっていたその縁を、ずっと虐《しいた》げられていた息子が、ばしっと切ったのに。

それが理解できないんだ。

「綺士くん、だよね？」

大和が綺士に向き合う。

「きみが危険な目にあうことはもう二度とないから、これからも楽しく高校生活を送ってほしい。父の戸籍からもすぐに抜かせる。ほかに何か困ったことがあれば、ぼくに直接言うなり、元木くんを通じて言うなりしてください。跡継ぎになりたければ歓迎するよ」

あ、戸籍のことを忘れてた。抜いてくれるなら嬉しい。

これで、ようやく本来の自分に戻れる。

俵崎綺士に。

「跡継ぎにはなりません。ぼく、なりたいものが見つかったんです」

綺士はにこっと笑った。

「そうか。美術関係かい？」

「はい。ぼくが選んだ絵を見て、だれかが幸せになってくれたら嬉しいので、画商になります」

おいしい食べ物に救われる人もいれば、美しい絵に救われる人もいる。絶望していただれかが、一枚の絵を見て、人生をやり直そうと思うこともある。

まだこの世に出ていないすばらしい絵を見つけたい。そして、それを売り込むために展示したい。

この一ヶ月、元木といて、そう思うようになった。

元木がいつも、いろんな人を幸せにしてるから綺士もおなじように、だれかを幸せにしたい。

それには莫大なお金がかかる。最初は何もないところから始めるので、軌道に乗るまでは全部持ち出しだ。

ただ、幸いなことにお金はある。あとは、絵の知識。まずは日本の大学に行って、海外留学もする。その間は元木と離れ離れだけど、不安はない。

この人だ。

そう確信できた。

だから、大丈夫。離れていても、心はつながっている。

元木も、笑顔で送り出してくれると信じてる。

「そうか。じゃあ、ぼくが最初のお客さんになるよ。画商になったら連絡してほしい」

「はい！」

大和が差し出した手を、綺士はぎゅっと握り返した。

温かい手。

ずっとがんばってきた人の手。

涙が出そうになって、ぐっとこらえた。

きっと、大和は同情なんてされたくないだろう。

「さ、こんなところに長居は必要ない。行こうか?」

大和にうながされて、綺士と元木は応接間を出る。後ろは振り向かなかった。じいちゃんがどうなっていようと、なんの興味もない。

「恩知らずが!」

出て行く間際、そんな声が聞こえた。

恩なんか受けてない。

だから、綺士たちは恩知らずでいい。

でも、親子だった人は…?

大和を見ると、晴れ晴れとした顔で笑っていた。

ああ、もう大丈夫。

きっと、この人はいい社長になって、会社を大きくしてくれるだろう。

ここにいる全員が、あの人に恩なんてない。

だから、堂々と出ていける。

もう、ここには一生来ない。


「バイク楽しい!」

お店に戻って、バイクから降りると、綺士は笑顔でそう告げた。帰りは気持ちが楽になったからか、ちゃんと体重移動もできたし、バイクに乗っている感覚が気持ちよかった。

気分の問題ってあると思う。

「それはよかった。さてと、片づけを手伝うか」

「あれ、車がない」

車がなくなると、よけいに惨状が目立つ。中はぐっちゃぐちゃだ。

「明日、お店閉めなきゃだね…」

綺士のせいだと思うと、しょんぼりしてしまう。

「いや、やるぞ?」

「え、だって…」

どう考えても、明日までに机とか椅子とか間に合いそうにない。扉もないし。

「俺は日曜以外は休まない。だから、やる」

どうやって、とは聞かないでおこう。なんとなく、できそうな気がする。

「綺士は学校に戻らなくていいのか?」

「ぼくも片づけ手伝う!」

あまり役に立たないだろうけど、人手はあったほうがいい。ゴミを拾ったりとかはできる。

「綺士」

「ん？」

「元気で勉強してこい。どこにでも飛んでけ。俺は、ここで待ってるから」

ああ、やっぱりわかってくれてるんだ。

泣きそうになって、綺士は無理やり笑顔を浮かべた。

ここで泣きたくはない。

「うん！　まずはフランス行ってくる！」

「高校卒業したら？」

「ううん。最初は日本の大学行くから、二年ぐらいはいると思う」

四年間はさすがにいらない。二年、いろんな授業に出て、いっぱい勉強して、それからフランスへ旅立とう。

「なんだ、二年もいんのか」

元木が軽口をたたいた。

「そうだよ。二年もいるの。和剛さん、ぼくに飽きちゃうかもね」

「そうかもな」

「えー、ひどーい！」

ただの冗談だとわかっていても、悲しくなってくる。

「大丈夫。飽きないから」

元木が綺士を引き寄せて、ちゅっとキスをした。

「ずっとずっと、綺士が好きだよ。だから、俺のことは何にも心配せずに、綺士のやりたいようにしてほしい。俺のことを重荷だと思われたくない」

「思わない！」

綺士は、ぶんぶん、と首を横に振る。

「和剛さんが重荷だなんてこと、一生ない！　でも、ぼく、しばらく日本からいなくなっちゃう。離れ離れになるよ。それでもいい？」

「よくはないな」

元木は肩をすくめた。

「そりゃ、もちろん、そばにいてほしい。毎日、綺士と一緒にいられたら最高だと思う。けどさ、いまの時点でも平日は会えてないだろ」

「うん、会えてないね」

会おうとも思わない。

会いたいな、とは思う。

そのふたつは、はっきりとちがう。

綺士には学ぶことがたくさんある。平日はずっと勉強している。

元木だって、食堂を経営している。土曜にいろいろできるのは、つぎの日がお休みだからだ。

そうじゃなければ、中休みも仕込みとかで忙しい。

自分たちは二人ともやるべきことがはっきりしていて、それに向かって突き進んでいる。

和剛さんだって、いまがんばっている。

そう思うことで、綺士もがんばれる。

元木もそうだと確信している。

会いたい、けど、会うつもりはない。

それは、二人の関係をつづけるのに必要なこと。平日、無理をしたら、どこかにひずみが出る。そんなのいやだ。

「俺は綺士のことが一番大事だけど、ほかにも大事なやつらがいる。助けてくれ、って頼まれたら、綺士と一緒にいてもそっちへ行く」

「うん、わかってる」

元木とその仲間の人たちとの間には入れない。

それでいい。

そうじゃないとおかしい。

つきあいが長いのは、彼らのほうだ。そして、両親を亡くして、本当の意味で元木を救ったのも、たぶん彼ら。

元木の伯父さんに会ってみたいな、と思う。暴走族に入れる決断をして、元木をきちんと立ち直らせてあげた人。

今度、元木に頼んでみよう。

「だから、綺士にとっての一番は俺だろうけど、夢に向かって進んでほしい」

「うん、そうする。ありがとう」

寂しい、とか、切ない、とか、そういう気持ちがないわけじゃない。それでも、心のもっとも大きな部分を元木が占めていてくれるから。

それがわかっているから。

大丈夫。

そのうち離れることになっても、絶対に大丈夫。

それに、しばらくは一緒にいられる。その時間を楽しみたい。

「和剛さん」

「ん?」

「大好きだよ」

「俺も」

元木がちゅっとキスをくれた。

それが嬉しくて、幸せで。

ただ気持ちが満たされていた。

守ってやる。
そう言ってもらえて、心が救われた。
そして、本当に守ってくれた。
これからも、それは変わらない。
少しの間、離れ離れにならなきゃいけないとしても大丈夫。
好きという気持ち。
それを、きちんと守ってくれるから。
信じさせてくれるから。
だから、平気。
これからも、ずっと、あなたに守られて生きていく。
そんな幸せを、ずっと信じてる。

ぼくの帰る場所

「ただいまー！」

俵崎綺士は、元気に『元木食堂』の扉を開けた。

「お、お帰り」

元木和剛がキッチンの中から片手をあげてあいさつする。

「仕込み中だから、その辺座ってて」

「えー！」

綺士は、ぶーっ、と頬をふくらませた。

「なんなの、その平然とした態度！　半年ぶりだよ、半年ぶり！」

そう、綺士は今日パリから帰ってきたのだ。なのに、キッチンから出てこないってどういうこと？

「うん、そうだな」

元木はお鍋で何かを煮ている。出汁のいい匂いが漂ってきた。

「もっと熱烈な歓迎をされてもいいと思うわけ！　お帰り、ぎゅううううううううう！　ぐらいに！　半年ぶりだよ！」

「半年って、もう三回聞いた」

「半年！　半年！　半年！　ぼくに半年も会ってないのに寂しくないの!?　おかしくない!?　あー、もしかして！」

綺士はカウンターに駆け寄った。

「ぼくに飽きた⁉」

「あ、そのまま座って」

「は？　座んないよ、ぼく！　怒ってるの！　半年ぶりなのに、ぼくを歓迎しない和剛さんに、心の底から怒ってるんだから！」

綺士は、ふん、とそっぽを向く。

歓迎されてないわけじゃないし、飽きられてもないことはちゃんとわかっている。いまは中休みで、仕込みをしなきゃならないことも。

でもさ、でもさ、でもさー！　帰ってきた瞬間ぐらいは、ハグとキスぐらいしてくれたっていいじゃん！　本物のぼくがここにいるんだよ？　画面越しじゃないんだよ？

「いいから座って」

元木は水の入ったコップを置いて、紙ナプキンにスプーンと割り箸をセットする。

「え…？」

どういうこと？

「まずは、これでも食ってて」

ことん、と小鉢が目の前に出された。中身は綺士が大好きな茄子の煮びたし。

「うわあ…」

あまりのおいしそうさに、じゅるっ、とよだれが垂れそうになる。

「パリから帰って一番に食いたいのは和食だろうと思ってさ。綺士が帰ってくる時間にあわせて準備してたんだよ。ぎゅううううう！　とかは、あとからいくらでもやってやるから。まずはうまいものを食え」

「和剛さん…」

涙がこぼれそうになった。

寂しい。会いたい。

綺士は、それだけしか考えてなかった。

久しぶりに会えるんだから何かしてやりたいな。そうだ。うまいものを食わせてやろう。元木はそこまで考えてくれていた。

「ごめんね…」

自分勝手なことばかり言って。

「謝らなくていいから。半年を連呼する綺士はかわいかったし、会いたかった、って素直に言われるのも嬉しい。ただ、料理作ってる途中だからさ。ぎゅっとかできなくてごめんな」

「ううん、いいの！」

ちゃんと理由があった。それだけで、安心する。そして、子供みたいに騒いでいた自分が恥ずかしくなる。

この何分かの元木の記憶を消せないだろうか。

「ビール飲む？」

「飲む！」

出会ったときは十八歳だった綺士も、もう二十二歳になった。お酒はとっくに飲める年齢だ。お酒がすごく好き！　というわけでもないけれど、適度になら飲みたい。特に、茄子の煮びたしなら、お水よりもお酒がいい。

「和剛さんは飲まないの？」

「俺は夜も仕事だから」

「あ…そうだった…」

今日は平日。それも水曜という週のど真ん中。日曜が休みなので、二人でゆっくりできるまで、今日も入れたらあと四日もある。

「じゃあ、ぼくも飲まない！」

「はい、ビール」

元木がすでに栓を開けたビールを持ってきて、小さなガラスのグラスに注いでくれる。

「いいの？」

「綺士は夏休みなんだから、飲めばいいんだよ。夜の営業が終わったら、また一緒に飲も？」

「わかった！　じゃあ、飲む！」

綺士はグラスを掲げて、一気に飲み干した。

「おいしい！　ビールは日本のが一番好き！」

海外のビールはちょっと癖があって、あんまり好きじゃない。しゅわしゅわしたものが飲みたいときは、ビールよりもシャンパンを選ぶ。

「煮びたしもいただきます！」

茄子がツヤツヤしてて、すごくおいしそう！　あむっ、と一口食べたら、あまりのおいしさにバタバタと足を動かしてしまう。

「和剛さん、また腕をあげた？　おいしすぎるよ！」

「それはよかった。はい、これも綺士の好きなの」

冷蔵庫から出してきたのはマカロニサラダ。ただのマカロニサラダとあなどってはいけない。この世で一番おいしいマカロニサラダなのだ。マヨネーズであえただけ、と元木は言うが、絶対にちがう。何か秘密の調味料が入っている。

「嬉しい！　ありがとう！」

綺士の好きなものを二つも作ってくれていた。いや、出汁の匂いがしてるから、きっとまだある。

これが、元木の歓迎の仕方。

元木にしかできない、そして、綺士をもっとも喜ばせてくれる方法。

嬉しい。大好き。愛してる。

そんな感情が心の中で渦巻いている。

「ごはんものは何がいい？」

「オムライス！」

ここで初めて食べたもの。元木と出会って、恋をした、そのきっかけ。

そのオムライスが食べたい。

「そう言うと思ってた。じゃあ、オムライスに味噌汁もつけてやる」

「あ、このお出汁、お味噌汁のだ！」

かつおぶしの匂いが、ふわーっ、と漂っていることに、ようやく気づいた。昆布とかつおぶしで丁寧に出汁を取っているので、元木の味噌汁はあんなにおいしいのだ。

「そう。夜の仕込みとともに、綺士にうまい味噌汁を食べさせようと思ってな。オムライスも、ぱぱーっ、と作るから待ってろ」

その言葉どおり、ぱぱーっ、と全部作ってくれた。綺士の前には、オムライス、味噌汁、茄子の煮びたし、マカロニサラダ、そして、ビールが並んでいる。

こんなに幸せな光景があるだろうか。

「いただきます！」

綺士は両手をあわせてから、熱々のオムライスにスプーンを入れた。半年食べていないオムライス。パリで夢にまで見たオムライス。

一口食べたとたん、万歳をしていた。

「…何してんの？」

「自然とこうなったの！　おいしすぎるよー！」

オムライスを一気に半分食べてしまう。そして、落ち着くために味噌汁を飲むと、それもおいしすぎて半分飲んでしまう。

あ、これ最初にお店にきたときとおんなじだ。

でも、いまはビールもあるし、小鉢もある。それで落ち着かせて…おいしすぎて落ち着かないよ！

箸やスプーンを置く暇もなく、あっという間に全部食べ終わった。

「あー、おなかいっぱい！」

綺士はおなかをさする。

「和剛さん…、あれ？　どこ？」

「ここ」

「うわっ、びっくりした！」

いつの間にか、元木が隣の席にいた。

「綺士は、本当においしそうに食べてくれるな。作りがいがあるよ」

「和剛さんだ…」

綺士は手を伸ばして、元木に触れた。夢で見て、起きて、ああ、いないんだ、とがっかりすることは何度もあったけど、いまはちがう。

ちゃんと、ここにいる。

「うん、俺だよ。お帰り」

ぎゅっと抱きしめられた。それだけで、涙が目に浮かぶ。

「うん、ただいま。和剛さん、ただいま」

ぎゅっと抱きしめ返したら、胸がいっぱいになった。

「いったん実家に戻る？」

「ううん。和剛さんとここにいる。日本にいるのは二週間だけだから。親には平日のお昼に会いに行ってくる」

元木のことは両親に紹介してあった。反対されたら家を出よう、と思っていたのに、じいちゃんから助けてくれたと大和さんに聞いたらしく、ありがとうございます、うちの息子をよろしくお願いします、とむしろ歓迎してくれた。

おまえが殺されていたかもしれない、自分たちは息子を失っていたかもしれない、だったら、好きに生きてほしい、と父親は真剣な表情で言っていた。

愛する人に愛されることはすばらしいんだ、とも。

だから、この四年間、元木といる。喧嘩はたまにするけど、ずっと大好きなままだ。このまま、一生大好きなんだと思う。

それが幸せ。

「そっか。よろしく言っといて」

「うん」

綺士はそう言いながら、元木の顔に手を伸ばした。大好きな、元木の端整な顔。

それが、ここにある。

「どうした？」

「キスしたい」

「うん、俺も」

元木がにこっと笑って、ちゅっ、と軽いキスをくれる。

パリで何度も夢見た、元木とのキス。

もっとしたい。

もっともっと。

元木もおなじ気持ちでいてくれたのか、角度を変えて、何回も口づけてくれる。

「つづきは夜だよ。待てる？」

「待てないって言ったら、いましてくれる？」

「それは無理。俺のメシを待ってるやつらがいるから」

「じゃあ、待つしかないよね？」

そんな言葉の合い間にも、キスを繰り返した。

「大好き…」

そうつぶやいたら、俺も大好き、と言ってくれる。

ああ、本当にここにいる。

元木がここにいる。

それが嬉しくて幸せで。

綺士は強く強く元木にしがみつく。

これからも海外で勉強をするし、たまにしか会えない日々はつづくけれど、不安なんてない。

だって、この人が自分の運命の相手。

そして、ここが自分の帰る場所。

ずっとずっと。

自分の居場所。

あとがき

はじめまして、または、こんにちは。森本あきです。

今回はあとがきが1ページしかないので、駆け足です！　おいしそうにごはんを食べてる受の子っていいよね、という、ただそれだけのお話ですが、オムライスを食べたくなってもらえたら、このお話を作った甲斐があります（本当にそれでいいのか…）。楽しく書いたので、楽しく読んでいただければ嬉しいです！

恒例、感謝のお時間です。

挿絵は毎回お世話になってばかりの明神 翼先生！　いつも本当に麗しい絵をありがとうございます！　これからもよろしくお願いします。

担当さんには、ずっと励ましてもらっています。本当に感謝しています。

それでは、またお会いしましょう！

「御曹司のおいしくてキケンな恋避行」
とっても楽しくカワイイお話で、しじゅう
おなかがグーグー鳴りまくりました
森本あき先生、ステキなキャラ
おいしそうなお話♥
どうもありがとう
ございました――！

初出一覧

御曹司のおいしくてキケンな恋避行 ……… 書き下ろし
ぼくの帰る場所 …………………………………… 書き下ろし
あとがき …………………………………………… 書き下ろし

ダリア文庫をお買い上げいただきましてありがとうございます。
この本を読んでのご意見・ご感想・ファンレターをお待ちしております。

〒170-0013 東京都豊島区東池袋3-22-17 東池袋セントラルプレイス5F
(株)フロンティアワークス ダリア編集部
感想係、または「森本あき先生」「明神 翼先生」係

この本のアンケートはコチラ!

http://www.fwinc.jp/daria/enq/
※アクセスの際にはパケット通信料が発生致します。

御曹司のおいしくてキケンな恋避行

2018年11月20日 第一刷発行

著 者
森本あき
©AKI MORIMOTO 2018

発行者
辻 政英

発行所
株式会社フロンティアワークス
〒170-0013 東京都豊島区東池袋3-22-17
東池袋セントラルプレイス5F
営業 TEL 03-5957-1030
編集 TEL 03-5957-1044
http://www.fwinc.jp/daria/

印刷所
中央精版印刷株式会社